A REVELAÇÃO KRINAR

Um Romance das Crônicas Krinar

ANNA ZAIRES & HETTIE IVERS

♠ Mozaika Publications ♠

Zaires, Anna
A Revelação Krinar, de Anna Zaires. Tradução: D. Dias. 1ª edição.
Rio de Janeiro, BR. Independente, 2019.
e-ISBN: 978-1-63142-465-6
ISBN: 978-1-63142-466-3

Publicado por Mozaika Publications, uma impressão de Mozaika LLC.
www.mozaikallc.com

Part Um

O CLUBE-X

CAPÍTULO UM

Dois anos desde a invasão.

Eu não conseguia acreditar que já haviam-se passado dois anos desde a invasão e ainda não sabíamos nada sobre os alienígenas que haviam tomado a Terra.

Frustrada, retirei meus óculos e esfreguei meus olhos, sentindo o cansaço por ficar olhando a tela do computador o dia todo. Nas últimas duas semanas, desde que decidi provar a mim mesma ao escrever uma matéria perspicaz sobre os invasores, me debrucei sobre cada informação disponível na internet e tudo o que havia eram rumores, um número de depoimentos de testemunhas oculares não confiáveis, alguns vídeos ruins no YouTube, e tantas perguntas sem respostas quanto antes.

Dois anos depois do Dia-K, e os Ks – ou os Krinars, como eles gostavam de ser chamados – eram quase tanto um mistério como no primeiro dia da sua chegada.

Meu computador sinalizou, distraindo-me dos meus pensamentos. Olhando para a tela, vi que era um email do meu editor. Richard Gable queria saber quando eu teria o artigo sobre cachorros gêmeos siameses, pronto para ele.

Pelo menos não era outro daqueles emails sobre 'o céu está caindo' da minha mãe.

Suspirando, esfreguei meus olhos novamente, retirando os pensamentos que me distraíam dos meus pais insanos. Já era ruim demais o fato da minha carreira não decolar. Não tinha ideia por que todas as matérias fofinhas caíam na minha mesa. Foi sempre assim desde que me juntei ao jornal três anos atrás e já estava enjoada daquilo. Aos vinte e quatro anos, eu tinha tanta experiência em escrever sobre notícias reais como um estagiário de faculdade.

Que se fodesse, decidi mês passado. Se Gable não queria me passar um trabalho de verdade, eu acharia uma história sozinha. E o que seria mais interessante ou cheio de controvérsias do que seres misteriosos que invadiram a Terra e, agora, estavam vivendo junto com os humanos? Se eu pudesse descobrir algo – qualquer coisa – real sobre os Ks, seria um grande passo para provar que eu era capaz de lidar com histórias mais importantes.

Recolocando meus óculos, rapidamente escrevi um email para Gable, pedindo mais alguns dias para terminar o artigo sobre os filhotes de cachorros.

Minha desculpa era que eu queria entrevistar o veterinário e estava tendo problemas em entrar em contato com ele. Era mentira, claro – eu já tinha entrevistado tanto o veterinário quanto o dono tão logo recebi a incumbência – mas eu queria evitar receber qualquer outro detalhe fofinho pelos próximos dias. Isso me daria tempo para explorar algo que me deparei hoje na minha busca: os chamados Clubes-X.

— Ei, garotinha, planos para hoje à noite?

Olhei para a voz familiar e abri um sorriso para Jay, meu colega de trabalho e melhor amigo, que acabara de entrar no meu escritório. — Não — Disse alegremente. Vou trabalhar mais um pouco e me jogar no sofá.

Ele suspirou dramaticamente e me deu um olhar de reprovação zombadora. — Amy, Amy, Amy... O que faremos com você? É sexta à noite e você vai ficar dentro de casa?

— Ainda estou me recuperando do final da semana passada — Disse, meu sorriso aumentando. — Então, não pense que você pode me rebocar novamente tão cedo. Uma noite de festa estilo Jay por mês é o bastante para mim.

Festa estilo Jay foi uma experiência única consistindo de várias doses de vodka logo no início da noite, seguida por várias horas de idas ao clube e jantar/café da manhã num restaurante coreano barato. Eu não estava mentindo quando disse que ainda estava me recuperando – a combinação de vodka e comida coreana me deu uma ressaca que parecia mais com intoxicação alimentar. Eu praticamente me arrastei para fora da cama na segunda para ir trabalhar.

— Oh, vamos lá — Insistiu ele, seus olhos castanhos parecendo os de um cachorrinho. Com seus cílios grossos, cabelos castanhos encaracolados e feições finas, Jay era quase belo demais para um cara. Se não fosse pelo porte musculoso, ele pareceria afeminado. Como era, portanto, ele atraía tanto mulheres como homens – e gostava de ambos igualmente.

— Desculpe-me, Jay. Outra semana talvez. — O que eu precisava agora era me concentrar no meu artigo sobre os Ks... e os clubes secretos que eles supostamente patrocinavam.

Jay deu outro suspiro. — Tudo bem, faça como quiser. No que você está trabalhando neste momento? O artigo sobre cachorrinhos?

Eu hesitei. Ainda não havia falado com Jay sobre meu projeto, principalmente porque não queria parecer idiota se não conseguisse apresentar uma boa história. Jay também não tinha recebido tarefas interessantes, mas ele não se importava tanto com isso como eu. Seu objetivo na vida era se divertir, e o resto – sua carreira jornalística inclusive – era secundário. Ele achava que ambição era algo apenas útil se fosse moderada e não se esforçava mais do que o necessário.

— Eu só não quero ser um completo vagabundo – para meus pais, você sabe — Ele me explicara certa vez e isso resumia perfeitamente como ele lidava com o trabalho.

Eu, por outro lado, queria mais do que não ser uma vagabunda. Não gostei quando o editor tinha olhado meu cabelo ruivo-loiro e feições de boneca e me colocado permanentemente na terra dos fofos. Eu acharia que Gable seria preconceituoso por eu ser mulher, exceto pelo fato de ele ter feito o mesmo com Jay. Nosso editor não descriminava mulheres; ele simplesmente decidia a capacidade das pessoas baseado no visual delas.

Decidindo finalmente confiar no meu amigo, eu disse: — Não, não o artigo sobre os cachorrinhos. Na verdade, eu tenho pesquisado um projeto por minha conta.

As sobrancelhas perfeitas de Jay se levantaram. — Oh?

— Você já ouviu falar dos Clubes-X? — Olhei rapidamente em volta para certificar-me de que não havia ninguém escutando. Felizmente o escritório estava bem vazio à minha volta, com apenas um estagiário trabalhando do outro lado da sala. Eram quase quatro da tarde de uma sexta e a maioria das pessoas tinha achado uma desculpa para sair cedo nesta tarde de verão.

Os olhos de Jay se arregalaram. — Clubes-X, como em clubes-xeno?

— Sim. — Meu coração acelerou. — Você já ouviu falar deles?

— Eles não são aqueles lugares em que os que adoram os alienígenas vão para transar com os Ks?

— Aparentemente. — Eu sorri para ele. — Acabei de

ler sobre eles. Você conhece alguém que já foi num desses lugares?

Jay franziu, uma expressão que parecia estranha, em vez das suas feições normalmente alegres. — Não, na verdade não. Tem sempre um amigo de um amigo de um amigo, mas ninguém que eu conheça pessoalmente.

Eu assenti. — Certo. E você conhece metade de Manhattan, então, esses clubes, se é que existem, são um segredo bem guardado. Você consegue imaginar a história? — Na minha melhor voz de repórter, eu falei dramaticamente: — Clubes de alienígenas no coração de Nova York? *The New York Herald* traz para você as últimas notícias sobre os Ks.

— Você tem certeza disso? — Meu amigo parecia ter alguma dúvida. — Eu ouvi que esses clubes estão perto dos Centros K. Você está dizendo que tem alguns na cidade de Nova York?

— Acho que sim. Tem algumas conversas online sobre um clube em Manhattan. Quero achá-lo e ver o que descubro.

— Amy… duvido que você saiba se isso é realmente uma ideia genial. — Para minha surpresa, Jay parecia mais transtornado do que excitado, sua expressão franzida estranha se aprofundando. — Você não quer criar problemas com os Ks.

— Ninguém quer mexer com eles - sendo esse o motivo do porquê ainda não sabemos nada sobre eles. — Minha frustração anterior voltando. Preocupava-me porque todos ainda estavam intimidados pelos invasores. — Tudo o que quero fazer é escrever um artigo real sobre eles. Especificamente, sobre alguns lugares que dizem que eles frequentam. Com certeza isso é permitido. Ainda temos liberdade de imprensa neste país, não temos?

— Talvez — Disse Jay —, ou talvez não. Pessoalmente, eu acho que eles apagam qualquer informação que não queiram que seja pública. Antigamente, uma vez fosse para a internet, ficava lá para sempre, mas não é mais assim.

— Você acha que eles poderão suprimir meu artigo de alguma forma? — Perguntei preocupada e Jay deu de ombros.

— Eu não tenho ideia, mas se eu fosse você, focaria no artigo sobre cachorrinhos e esqueceria os Ks.

~

Eram quase oito da noite quando vi: uma menção da localização do Clube-X num fórum de sexo online. Estava escondido num relato longo – e com aparência bem improvável – de alguém que ficou com um grupo de Ks. A sensação de êxtase que o homem descreveu parecia suspeitíssima como um indício de drogas, embora contos semelhantes inundassem a rede, dando possibilidade de toda sorte de rumores sobre os invasores... incluindo o de vampirismo.

Eu não acreditava nisso, mas, então, novamente, graças à obsessão da minha mãe sobre teorias conspiratórias, eu tinha uma desconfiança natural em rumores. Eu gostava de fatos; por isso, entrei para o jornalismo em vez de escolher escrever ficção.

Segundo o relato desse homem, ele havia ido ao clube pouco depois do seu jantar no Distrito Meatpacking. Ele deu o nome do restaurante onde tinha jantado e escreveu que o clube era exatamente em frente, do outro lado da rua.

E, desse jeito, eu tinha uma pista.

Ficando em pé, eu peguei minha bolsa e saí apressada do escritório, acenando para a empregada da limpeza ao passar por ela.

Parecia que minha sexta-feira à noite iria ser bem mais excitante.

CAPÍTULO DOIS

— Você não tem que vir comigo — Repeti pela quinta vez, com um olhar desesperado para Jay. Cometi o erro de enviar uma mensagem para ele com meus planos e ele apareceu na minha porta vinte minutos depois, vestido para ir ao clube, mas fazendo o máximo para me dissuadir de ir.

— Se você vai, eu vou — Disse ele obstinadamente. — Eu não acho que nenhum de nós deveria fazer isso, mas, menininha, você é maluca se acha que te deixarei ir lá sozinha.

— Você só quer que seu nome esteja na história — Brinquei, virando meu cabelo da altura dos ombros de cabeça para baixo para aplicar um pouco de mousse. Meus fios loiro-avermelhados eram naturalmente finos e lisos, mas se eu pusesse uma boa quantidade de produtos neles, eu conseguiria um ondulado sexy. Eu não costumava usar cabelo sexy, mas nesse caso era importante. Os Ks não tinham apenas aparência humanoide, eram muitíssimos bonitos... e segundo o que li online, eles gostavam de que seus parceiros sexuais fossem quase tão bonitos quanto eles.

Eu tinha quase certeza de que não me encaixava naquele critério, mas esperava que com maquiagem o suficiente – e com lentes de contato em vez de óculos – eu pareceria bonita o bastante para que me deixassem entrar no clube.

— Nossos nomes *ficarão* na história — Disse Jay com voz sombria. — Já até vejo isso: *Dois Jornalistas Desaparecidos, Foram Vistos Pela Última Vez Caçando Alienígenas no Distrito Meatpacking.*

— Oh, por favor. — Eu me ajeitei e comecei a aplicar a máscara nos meus longos cílios castanhos. — Desde quando você tem medo de ir a um clube? Você faz coisas loucas o tempo todo...

— Sim, mas faço isso por divertimento, não para provar algo para nosso chefe idiota. E nenhuma quantidade de bebida ou festa se compara com tentar se infiltrar num clube de sexo alienígena. Você consegue ver a diferença entre um pouquinho de erva para divertimento e isso, não vê?

— Sim, sim — Eu resmunguei, colocando blush nas minhas bochechas pálidas. — Como te disse, eu só te enviei uma mensagem sobre isso para que alguém soubesse onde estou. Você não tem que vir comigo.

— Eu sei. — Jay me deu um olhar de 'cai na real'. — Você é a minha única amiga mulher. Acha que eu te deixaria ser levada em algum tipo de espaçonave?

— Eles vivem nos Centros K na Terra, seu bobo. —

Abri um sorriso para ele no espelho. — Por que eles me levariam para uma espaçonave?

— Quem sabe? — Disse ele se jogando no meu sofá. — Talvez eles gostem de loiras bonitas de olhos verdes que usam óculos no trabalho para parecerem mais inteligentes.

— Mmm, sim. Sou exatamente o tipo deles. — Rindo, passei a mão no meu vestido apertado azul. Com meus quadris curvilíneos, eu não era exatamente uma modelo, mas normalmente eu gostava do meu biotipo. Ajudava que meus ex-namorados pareciam gostar de um bumbum mais redondo; um deles até falou que essa era sua parte favorita do meu corpo.

— Nunca se sabe — Insistiu Jay. — Sério, Amy, eu gostaria que você reconsiderasse. Você entende que eles podem fazer absolutamente qualquer coisa com você naquele clube e ninguém os impediria? Nossas leis não se aplicam a eles. Eles podem te matar e ninguém nem piscaria, com ou sem tratado. Você entende isso, certo?

— Claro que entendo. — Eu estava começando a ficar cansada daquela conversa. Às vezes Jay conseguia ser como um cachorro com seu osso. — Não nasci ontem. Sei quão perigosos os Ks podem ser. Eu vi aqueles vídeos deles despedaçando pessoas e li relatos de testemunhas oculares. Mas somos jornalistas. Supõe-se que se investigue histórias, descubra verdades importantes e as traga à luz, mesmo se exista risco. Não escolhemos esta profissão para que pudéssemos estar escrevendo sobre cachorrinhos gêmeos ou casamentos de socialites ou qualquer merda que Gable nos solicite. Precisamos fazer reportagem real, Jay – e essa é nossa chance.

Pausando, eu olhei de forma normal para ele. — Farei isso – e você pode ou ir para casa ou juntar-se a mim.

CAPÍTULO TRÊS

— Ok, este é o restaurante — Disse quando o táxi estacionou na frente do hotel chique. Segundo o Google, o restaurante era no terraço do prédio. — Agora, o que fazemos?

— Vamos para um clube de verdade e esquecemos esta insanidade — Disse Jay, saindo do táxi e abrindo a porta da frente para mim. — Você já está bem-vestida; será perfeito. Vamos arrasar, como na semana passada.

Soltei uma respiração exasperada. — Não repetirei a semana passada por um bom tempo. Eu já te disse isso. E não estamos aqui para nos divertir; estamos aqui para observar.

— Certo, claro. — Jay parecia cansado e infeliz. — Apenas iremos observar quietos alguns alienígenas - que não se importarão nem um pouco se quisermos publicar seus segredos.

Eu o ignorei, tentando imaginar onde o clube 'do outro lado da rua' poderia ser. Por toda minha volta, a área estava apinhada de gente bonita. Meatpacking era *o* distrito de clubes de Manhattan. Modelos, celebridades, 'Wall Streeters' e todos os outros se misturavam nas ruas pavimentadas e nos saguões dos clubes arrojados, tentando superar um ao outro com bolsas e roupas de estilistas. A música gritava por várias entradas e garotas bêbadas tropeçavam com saltos altos, dando risadinhas e flertando com todos os caras que viam.

Eu tinha que admitir que os Ks eram inteligentes em colocar seu clube aqui; com toda essa gente brilhante, até os Krinars poderiam passar sem serem notados.

Estudando os prédios na rua, eu vi um grupo de mulheres altas de pernas longas se aproximarem de um tipo de porta marrom. Não havia avisos nela, nada que indicasse que tipo de estabelecimento era aquele. Uma das mulheres bateu na porta e a porta se abriu para o grupo entrar. Então, a porta se fechou imediatamente.

Meu instinto de farejar história ficou em alerta máximo. — Lá — Disse, pegando o braço de Jay e praticamente o rebocando pela rua apinhada.

— Como você sabe? — Sua voz tinha um tom de ansiedade. — Viu um deles?

— Não. — Ignorei a buzina dos táxis quando passei por vários carros. — Mas acho que vi algumas mulheres que poderiam ser o tipo deles.

— Tipo deles?

— O tipo dos Krinars — Expliquei, gesticulando

para as pessoas na calçada. — Alta, bela... como supermodelos.

— Isso não significa nada...

— Olha, só vamos tentar e ver no que vai dar — Interrompi, parando à frente da porta marrom. Virando-me para Jay, disse: — Pronto?

— Não — Disse ele infeliz, mas eu já estava batendo na porta.

Por alguns segundos, nada aconteceu. Então, a porta se abriu quietamente, revelando um corredor estreito.

— Ok, aqui vamos nós — Sussurrei para Jay e entrei.

Ele me seguiu sem falar mais.

Andamos em silêncio pelo corredor, eu podia sentir as batidas do meu coração se acelerando. Seria possível que eu os conheceria pessoalmente? Os invasores que vira apenas na TV?

O corredor terminou em outra porta – esta metálica na cor cinza. Estava trancada, então, eu bati novamente, não sabendo o que mais fazer.

Então, esperei.

E esperei.

— Eu não acho que eles irão nos deixar entrar — Sussurrou Jay depois de um minuto. — Talvez devêssemos sair.

— Ainda não — Sussurrei de volta. Eu não queria admitir aquilo, mas agora que estávamos aqui, eu também estava começando a ficar nervosa. Toda a enormidade do que estávamos fazendo começava a vir à minha mente. Se este era realmente o Clube-X que eu tinha ouvido falar, então, do outro lado da porta havia seres de outro planeta – de uma civilização antiga que tinha supostamente semeado a vida na Terra.

Meu coração agora pulsava na minha garganta.

Juntando minha coragem, eu bati novamente e falei:
— Olá?

Jay engoliu alto perto de mim, suas feições ficando pálidas.

— Olá? — Falei novamente, mais alto dessa vez. Nervosa ou não, eu não iria sair até tentar ao máximo.

— Amy, vamos...

A porta se abriu silenciosamente.

Um homem estava em pé lá, seu porte alto e de ombros largos tomando quase toda a entrada da porta. Na luz fraca, tudo o que pude ver eram as maçãs do rosto altas e uma mandíbula que parecia ter sido esculpida em granito. Seus olhos brilhavam de modo sombrio sob sobrancelhas grossas e suas roupas eram claras, quase brancas.

Atordoada, eu olhei para ele. Poderia ser...? Ele poderia ser...

O homem sorriu, seus dentes com flashes brancos nas suas feições bronzeadas. — Bem-vindos — Disse ele gentilmente e saiu do caminho, nos indicando para que entrássemos.

CAPÍTULO QUATRO

Meu coração batia furiosamente no meu peito quando passei pela porta, com Jay atrás de mim.

Dentro, a sala era grande, com pouca luz e completamente vazia. Sem mobília nem pessoas – exceto o homem que abrira a porta para nós. Ele ficou lá calmamente, nos observando com seu olhar sombrio.

A porta atrás de nós se fechou.

Enxuguei discretamente o suor das minhas palmas no meu vestido, esperando que o homem não notasse meu gesto de nervoso.

— Olá — Disse Jay, chegando-se mais perto de mim. Para a minha surpresa, a voz do meu amigo era firme e havia um sorriso de flerte nas suas feições. — Ouvimos que tem uma festa aqui. É verdade?

O homem não respondeu por um momento, aumentando minha ansiedade. Então, ele falou, sua voz forte em tom de divertimento: — Pode-se dizer que sim.

— Excelente. — Jay abriu um sorriso para ele. — Viemos aqui para isso.

Senti uma onda de admiração pelo meu amigo. Eu sempre soube que Jay era muito bom em locais sociais, mas isso aqui estava longe de se parecer uma festa. Apesar de toda a relutância de estar aqui, Jay estava claramente fazendo o seu melhor.

— Vocês dois? — Perguntou o homem, ainda com tom de estar se divertido.

— Sim. — Forcei um sorriso iluminado nos meus lábios. Se Jay podia fazer isso, eu também podia. — Estamos muito... curiosos.

— Ah. — O homem riu, um som baixo e sensual que me fez tremer até a espinha. — Curiosos, certamente. Bem, sigam-me.

Ele virou-se e começou a andar para o lado mais longe do recinto. Meu coração pulou. Como os Ks que havia visto na TV, o homem não andava simplesmente; ele fluía, seu movimento cheio de poder e graça não humanos.

Eu não tinha mais dúvida.

Acabara de encontrar meu primeiro Krinar.

Jay tocou meu braço e eu olhei para ele. Nas suas feições, pude ver o mesmo temor e excitação que eu estava sentindo. — Oh, meu Deus — Murmurei para ele, que assentiu, seus olhos arregalados em choque.

— Vem — Murmurei novamente, forçando meu queixo na direção do K e ambos nos apressamos atrás dele, quase correndo para acompanhá-lo.

O K parou na frente de uma parede no outro lado

do recinto e abanou sua mão num movimento breve. Para meu choque, a parede dissolveu-se, criando uma abertura oval do tamanho de um homem. Eu mal contive um arquejo. Eu sabia que os Ks tinham tecnologia mais avançada, mas nunca havia visto-a em ação.

Isso iria definitivamente para o meu artigo.

Eu compus mentalmente o primeiro parágrafo da minha história, o K passou pela abertura e desapareceu dentro. Não o querendo perder, também passei pela abertura, com Jay logo atrás.

Terminamos num corredor escuro. Após andarmos pouco mais de três metros, nos achamos na frente de outra parede. O K nos esperou chegar e, então, criou outra abertura, através da qual pudemos ver luzes multicoloridas e ouvir a batida de música.

— Chegamos — Disse o K, seu inglês perfeito como o de qualquer americano. Eu sempre pensei nisso – como os alienígenas sabiam as línguas da Terra tão bem. Especulava-se que eles tivessem algum tipo de implante neural de idioma, mas ninguém sabia com certeza.

Poderia ser outra coisa para eu investigar esta noite.

— Uau, que legal — Exclamou Jay, fazendo seu papel de bobalhão doido por festas com perfeição. — Adoro o jeito que você faz isso, cara.

O K levantou suas sobrancelhas, mas não dignificou aquelas palavras com uma resposta. Em vez disso, ele entrou andando com aquela graça animal espantosa. Jay, que parecia ter suplantado seu período de precaução, o seguiu sem hesitação. Depois de uma pequena pausa, eu os segui, meu coração martelando com uma mistura de trepidação e excitação.

Estávamos oficialmente dentro do Clube-X.

A primeira coisa que notei foi a música. Fora da abertura, eu sentira apenas a batida do ritmo, mas quando entramos, eu conseguia ouvir os sub-sons gritantes de alguns instrumentos desconhecidos misturados a vibrações mais agudas. A música não era particularmente alta, mas, mesmo assim, me tomava toda, fazendo-me sentir como dentro do casulo da melodia.

Além da música, eu conseguia ouvir risos e murmúrios de conversas. O salão espaçoso estava cheio de gente – apesar de não estar certa se 'pessoas' era o termo certo, dado o fato de muitos presentes serem Krinars. Os alienígenas eram fáceis de ser reconhecidos: todos eram altos, de cabelos escuros e tinham um tipo de beleza espantosa, aquela geralmente observada em supermodelos. Por certo tempo tinha havido rumores de que os Ks não eram nem um pouco seres biológicos e eu podia ver onde os rumores haviam se originado. Os Ks não eram apenas incrivelmente fortes e rápidos, mas eram quase que perfeitos demais para serem reais.

Ou, pelo menos, muito perfeitos para serem humanos.

O próprio salão estava com bem pouca mobília, com mesas circulares em cada canto, aquilo parecia ser a versão dos Ks de bares. Poderiam ser tanto humanos como Ks em volta daquelas mesas, segurando copos com uma variedade de bebidas.

A iluminação no salão era fraca, várias tonalidades de cores quentes se misturavam. Aquilo acentuava a roupa leve usada pelos Ks. As roupas por si só não eram exóticas – vestidos pálidos e esvoaçantes para as mulheres e bermudas com camisas sem mangas para os homens – mas elas combinavam com os alienígenas, enfatizando a tonalidade dourada da pele e os corpos em forma e graciosos.

Antes que eu pudesse observar mais detalhes, o K que havia nos trazido para dentro olhou para mim. Havia um meio-sorriso simulado na sua boca perfeitamente desenhada.

— Curiosidade satisfeita? — Ronronou ele, olhando para mim e minha respiração chegou à garganta quando consegui vê-lo bem pela primeira vez.

O Krinar em pé à minha frente tinha uma beleza sombria, como um sátiro, que era tanto sedutora quanto desconcertante. Seu cabelo negro era brilhante e liso, longo o bastante para cobrir suas orelhas e cair pela testa. Com seu nariz masculino e mandíbulas fortes, ele poderia ter pousado para qualquer anúncio de recrutamento militar – exceto que nenhum soldado tinha uma boca tão sensualmente perversa ou olhos que falassem de prazeres carnais.

Bonitos olhos castanho-negros, com cílios grossos,

estavam agora viajando pelas minhas curvas com interesse masculino sem a menor vergonha.

Pela primeira vez na minha vida adulta eu ruborizei. Não consegui evitar. Parecia que o K estava me despindo com seu olhar, deixando-me em pé lá, nua e vulnerável. Meu sangue ficou desconfortavelmente quente e minha respiração começou a aumentar de velocidade, meu pulso se acelerando.

O K não estava apenas olhando para mim; ele estava me devorando com seus olhos – e meu corpo estava reagindo ao seu olhar como a um toque físico. Meus mamilos se intumesceram e um líquido quente começou a se acumular entre minhas pernas. O ar está pesado com tensão sexual que eu podia quase que prová-lo. Quando os olhos do K passaram para o meu rosto, tudo que pude fazer foi fitá-lo, impiedosamente presa por aquele olhar sombrio e consumido.

— E quem é esta, Vair? — Uma voz de mulher quebrou o encanto, intrometendo-se na bolha que parecia ter se formado entre mim e o K.

Grata pela interrupção, inspirei tremendo e retirei meus olhos do Krinar, virando-me para a recém chegada.

Era outro K. Uma mulher que estava sorrindo sedutoramente, sua atenção focada em Jay – que estava olhando para ela de boca aberta com a mesma fascinação impotente que eu acabara de experimentar.

Merda. Aquilo não era bom. Aquilo não era bom mesmo. Jay não era exatamente conhecido pelo seu autocontrole ante uma tentação – e a Krinar fêmea em pé perto dele não era nada menos do que uma tentação.

Vestida com um vestido curto branco, ela tinha quase um metro e oitenta de altura, com pernas fortes e bronzeadas que pareciam se esticar ao infinito. Seu corpo era perfeitamente proporcional, esbelta e feminina ao mesmo tempo, com uma cintura que era quase muito fina para seu porte. 'Barbie Alienígena' foi o pensamento que me veio à mente.

Uma Barbie alienígena muito sexy.

— Este é um casal perdido que encontrei no corredor — o K – Vair – respondeu à pergunta da mulher. Seus lábios luxuriosos curvaram-se num sorriso sardônico quando ele disse: — Shira, conheça a menina curiosa e o menino curioso. Deliciosos, não são?

Antes que eu pudesse imaginar como reagir àquele pronunciamento insultante – e um tanto alarmante – Jay aproximou-se e estendeu a mão. — Sou Jay — Disse com tom rouco. —, é um prazer te conhecer... Shira, certo?

A mulher riu, sua voz baixa e profunda. — Sim, certamente, um docinho que você é. É Shira. Permita-me te mostrar o lugar? — E segurando a mão esticada de Jay com seus dedos longos, ela conduziu meu amigo para um dos bares, seu corpo se movendo como o de uma gata.

Jay foi com ela sem uma única palavra de protesto, aparentemente bastante fascinado para se lembrar das suas preocupações de mais cedo – ou do fato de que estava aqui para me ajudar com a história, não para ser um brinquedo de sexo de uma Barbie K durante a noite.

— Não se preocupe — Disse Vair, como se lesse minha mente. Sua voz cheia de um divertimento sinistro. — Shira tomará conta dele.

Relutantemente, eu me virei para ele, meu coração se acelerando quando nossos olhos se encontraram novamente. — Não estou preocupada — Consegui responder. — Estamos aqui para nos divertir, apesar de tudo.

— Com certeza está, querida. — Os dentes de Vair, brancos reluzentes. — E você vai divertir-se. Quer alguma bebida ou preferiria dançar?

Pisquei para ele. — Dançar? — A música tinha uma boa batida, mas não estava na altura normal de se dançar. E ninguém em volta de nós estava dançando.

Sem falar que eu não estava disposta a ficar muito perto de Vair, se pudesse evitar. O clube podia ser um lugar para 'ficar' com os Ks, mas não era para isso que eu estava aqui.

— Sim, dançar. — Seu sorriso se abriu ante meu olhar incrédulo. — Desse jeito. — Ele fez um pequeno gesto com sua mão e, de repente, a sala escureceu, a luz fraca ficando num tom púrpura. A música aumentou a batida e o volume, a batida pulsante penetrando no meu corpo. Em tudo em volta de nós, eu pude sentir a energia do salão mudando enquanto as conversas diminuíam e os grupos se misturavam fazendo pares, começando a balançar com movimentos certamente ritmados pela dança.

Pasma, eu dei um passo atrás. — O quê? Como...

— Sou o dono deste lugar — Vair murmurou chegando-se mais perto. — Esqueci de te falar?

Eu engoli. — Hum, sim. Acho que esqueceu. — Puta merda. Esse era o dono do clube – e parecia que ele me queria por alguma razão. Isso poderia ser tanto um problemão como uma grande oportunidade.

— Há quanto tempo você é o dono? — Perguntei, minha repórter interior decidindo que era a segunda opção. Essa era uma excelente chance de obter alguma informação, mesmo se isso significasse eu ter que suportar os avanços sexuais de um alienígena.

— Já por um tempo. — Vair chegou-se mais perto, parando a menos de trinta centímetros de mim.

Eu inspirei, levando minha cabeça para trás para olhar para ele. Era como olhar para uma montanha. Eu sabia que ele era alto, claro, mas não tinha imaginado o quão espantosamente *grande* ele era. O K tinha bem mais de um metro e oitenta de altura, com músculos que orgulhariam um halterofilista. Ele se impôs sobre meu porte de um metro e sessenta e cinco, fazendo-me sentir tão pequena como uma criança. Mesmo se fosse um humano, ele seria incrivelmente forte e os Krinars eram conhecidos por serem muito, muito mais fortes do que os humanos.

Minha barriga se contraiu com medo e tesão quando refleti no fato de que ele poderia fazer qualquer coisa que quisesse comigo. *Absolutamente qualquer coisa*. Como dissera Jay, os Ks eram, em relação a todas as intenções e propósitos, acima da lei.

— Quanto é algum tempo? — Insisti, fazendo o máximo para ignorar o pulso a toda. — Desde que seu pessoal chegou?

Ele riu. — Não. Apenas quando as coisas se acomodaram.

Ah. Finalmente estávamos chegando a algum lugar. Eu acho que 'as coisas se acomodaram' era um eufemismo para o final do 'Grande Pânico' – os meses sinistros que se seguiram após a chegada dos Ks na Terra. Seguindo essa linha de tempo, o clube tinha iniciado há menos de dezoito meses.

Fazendo uma anotação mental nesse detalhe, eu dei um sorriso encorajador para Vair. — Bem interessante. E o que te fez abrir um em Nova York? Achei que vocês não gostavam das nossas cidades...

— Por que não deveríamos gostar das suas cidades? — Ele juntou as sobrancelhas.

— Não você pessoalmente. Estou falando do seu povo. Os Krinars.

Ele parecia estar se divertindo. — Não posso falar pelos Krinars como um todo, querida, assim como você não pode falar por toda população da Terra. Sou simplesmente uma pessoa e gosto desta cidade. Eu a acho muito... estimulante. — Seus olhos desceram pelo meu corpo novamente, deixando-me sem dúvida do tipo de estímulo que ele tinha em mente.

O calor traiçoeiro nas minhas bochechas enquanto meu corpo reagia ao seu olhar novamente. — Certo, claro — Murmurei, vasculhando meu cérebro por um jeito de levar a conversa para um assunto menos carregado de sexo. — Então, por quê...

— Por que não dançamos? — Interrompeu Vair e vi que quase todos em volta de nós estavam se balançando ao som da música – incluindo Jay e sua Barbie, no outro lado do salão.

E antes que eu pudesse imaginar um jeito de recusar, Vair diminuiu a distância restante entre nós, puxando-me para seu abraço.

CAPÍTULO CINCO

Quando os braços poderosos de Vair se fecharam em volta de mim, puxando-me contra seu corpo musculoso, minha respiração ficou rápida e irregular. Sentir seu calor e cheirar seu odor limpo e masculino fizeram meus músculos interiores se apertarem em necessidade.

Chocada e envergonhada pela força da minha reação, eu tentei sair, colocando minhas mãos no peito de Vair para mantê-lo distante. — Espere, não danço muito bem.

— Não precisa. — Sorriu ele, ignorando minhas fracas tentativas de empurrá-lo. — Vou conduzi-la.

— Mas...

— Só relaxe, querida — Murmurou ele, começando a mover-se ao ritmo da música. Os músculos de aço no seu peito começando a mover-se sob as pontas dos meus dedos e sua coxa esfregando nas minhas pernas, fazendo as batidas do meu coração subirem. — Não é para isso que você veio?

Inspirei tremendo, minha cabeça a mil ao ver seu olhar sensual. *Não*, eu quis gritar. *Não, não para isso.*

— Só quis ver como eram as coisas — Sussurrei em vez disso, esperando que a meia-verdade não fizesse com que eu fosse expulsa. Minha voz parecia ofegante, como se tivesse corrido uma milha. — Nunca vi um de vocês pessoalmente e estava curiosa, como te disse...

— Ah, sim, essa mal falada curiosidade de vocês. — Seu sorriso com tom sarcástico. — Você realmente sabe para que serve este lugar, não sabe, humana pequenina?

Umedeci meu lábio inferior, esperando que as batidas frenéticas do meu coração diminuíssem. — Claro. Mas gostaria de apenas observar nesta primeira vez. Espero que não seja um problema. — Se fosse, eu teria que sair, já que eu não tinha intenção de dormir com ninguém para conseguir uma história.

Eu não era *tão* dedicada assim à minha carreira.

Ante a minha resposta, os olhos de Vair ficaram mais sombrios e o sorriso desapareceu dos seus lábios. — Entendo.

Esperei que ele dissesse algo mais, mas ele não disse. Em vez disso, ele continuou a me segurar, deixando-me sem escolha a não ser me mover com a música. Suas mãos eram macias na minha cintura, mas toda vez que tentava sair, sua pegada se apertava, deixando claro que ele não estava pronto para me deixar ir. Depois de algumas tentativas de sair do seu abraço, desisti, não querendo fazer cena.

Apenas dance, disse para mim mesma. *É só uma dança.* Eu aceitaria dançar se ele não insistisse em nada mais – e ele não parecia inclinado, por enquanto pelo menos. Ele me manteve a uma distância cuidadosa, perto o bastante para que eu pudesse perceber bem o calor do seu corpo musculoso, mas não perto o bastante para eu estar colada nele. Algumas vezes senti algo duro raspando minha barriga, mas não consegui ter certeza do que era, pois, o contato era rápido.

Mesmo assim, a ideia de que pudesse ser sua ereção – *que ele me desejava daquele jeito* – era tão excitante quanto amedrontador.

O artigo. Foca no artigo, Amy. — Então, Vair, fale-me um pouco sobre você. — Continuei com meus olhos no seu rosto, esperando que falando me distraísse do pulsar crescente dentro de mim. — O que te fez decidir vir à Terra?

Ele sorriu, seus olhos brilhando. — Estava entediado.

— Entediado? — Eu não tinha esperado aquela resposta. — Por quê?

— Porque esgotei os meios de me divertir em Krina. Preciso me divertir muito, entende.

Molhei meus lábios novamente. Senti que estávamos mais uma vez nos aventurando em território perigoso. — O que você fazia em Krina? Profissionalmente, quero dizer? — Será que os Ks tinham trabalhos? Eu não estava certa, mas parecia um assunto mais seguro do que o que quer que fosse que Vair fizesse para 'divertir-se'.

— Profissionalmente? — Seu sorriso voltou a ser sarcástico. — Não muito. Ou demais. Depende da sua perspectiva, eu acho.

— Oh. — Olhei para ele, intrigada. — Você quer dizer que mudou sua carreira?

— Você pode chamar assim. — Ele deu um riso fraco, olhando para mim. — E você, humana pequenina? O que faz... profissionalmente?

— Sou estudante graduada — Menti. — Indo para Mestre em Literatura Inglesa.

— Seu Mestre? — Ele levantou as sobrancelhas.

Senti-me ruborizando por alguma razão. — É uma graduação avançada que se faz após a faculdade — Expliquei, incerta se Vair estava brincando comigo ou se realmente não conhecia o termo. — Um grau acima de bacharel.

— Ah, ok. — Seus olhos brilharam quando ele mudou sua pegada em mim, suas mãos abaixando e parando no meu quadril. — Um grau acima de bacharel. Entendo.

Ele *estava* me provocando. — Sim, certo — Disse calmamente, tentando ignorar o fato de que suas palmas grandes estavam essencialmente na minha bunda. — Que tipo de graduação vocês têm? Vocês têm faculdade e coisas assim?

Ele balançou a cabeça. — Não, não temos. Aprendemos durante nossas vidas.

— Mas como treinam para o trabalho? — Insisti. — Com certeza vocês não nascem sabendo como fazer tudo. E no tocante a matemática, ciência, história? Como aprendem isso tudo?

— Você *é* uma pequena criatura curiosa. — Ele me olhou com um meio-sorriso estranho. — Você quer saber tudo sobre nós, não quer?

— Claro — Abri um sorriso para ele. — Quem não iria querer?

— A maioria dos humanos que vem aqui — Murmurou ele, olhando para mim. — Quase todos, de fato. Estão interessados apenas em uma coisa – e essa coisa não tem nada a ver com nosso sistema educacional.

— Acho que sou uma exceção então — Disse, martelando ante a intensidade estranha do seu olhar. Seria possível que ele suspeitasse de mim por alguma razão? — Sempre adorei aprender sobre culturas – quanto mais exóticas, melhor.

Ele riu calmamente, me largando. Antes de suspirar em alívio, vi que estávamos em pé na frente de um dos bares. De alguma forma, Vair havia nos guiado para lá sem que eu notasse.

— Uma bebida? — Perguntou ele, pegando um copo cheio de um líquido roxo.

Eu hesitei. — O que é isso? Vinho?

— Não, só um tipo especial de suco de frutas misturado com um pouco de álcool. É seguro para consumo humano.

Eu pensei um pouco, então, aceitei a bebida dele, tentando não reagir quando senti os dedos dele se esfregarem nos meus. Mas não consegui controlar o pequeno aumento da minha respiração e vi os cantos dos seus lábios se levantarem com um sorriso conhecido.

Vair conseguia sentir o impacto que causava em mim e ele, obviamente, gostava daquilo.

Tentando esconder meu desconforto, levei o copo aos meus lábios e tomei um gole. Minhas papilas gustativas explodiram com o sabor doce mas fortemente cítrico. Consegui sentir a pontada do álcool, mas era demasiadamente sutil para esconder o gosto incomum do suco. — De qual fruta foi feito esse suco? — Perguntei e Vair abriu um sorriso, tomando seu próprio suco.

— Você não reconheceria o nome se eu falasse. É uma planta que trouxemos de Krina.

— Oh, uau. — Provei a bebida novamente, tentando memorizar o sabor complexo para que pudesse descrever no meu artigo mais tarde. Ele fez minha boca pinicar e minha garganta esquentar, apesar de poder ter sido do álcool. Eu imaginava se não deveria ser mais cuidadosa sobre tomar uma bebida exótica – ou beber com Vair no geral – mas eu via outros humanos no clube segurando copos similares e seria suspeito se eu recusasse até mesmo tomar um gole.

Especialmente por eu estar agindo como uma garota festeira interessada em todas as coisas sobre Krinar.

Dando uma olhada rápida pelo salão, vi Jay dançando no outro lado. Dessa vez, além da Barbie K – Shira – havia um Krinar masculino. Os três estavam se esfregando uns nos outros e, pelas feições de Jay, não havia dúvida de que meu amigo estava no sétimo céu, suas preocupações de mais cedo tendo desaparecido.

— Você está envolvida com ele? — Vair ficou na minha frente, bloqueando meu campo de visão. Seu tom era casual, mas havia uma expressão diferente no seu rosto. — Com o belo menino humano?

Eu pisquei. — Com Jay? Não.

— Por que não?

— Não sei — Disse honestamente. — Simplesmente nunca nos ligamos nesse nível, acho.

Eu tinha primeiramente encontrado Jay durante nosso estágio no jornal e começava a conhecê-lo melhor quando nós dois acabamos trabalhando lá por tempo integral, depois da faculdade. Por alguma razão, Jay – que tentava o máximo fazer sexo com qualquer coisa que se movesse – nunca tentou ficar comigo e, conforme o tempo passava, eu me achei perguntando o que ele achava sobre tudo, desde destinos de férias a problemas com namorados. Em contrapartida, eu emprestava um ouvido acolhedor ante suas queixas da família superexigente e oferecia uma visão feminina de como proceder em namoros de uma noite apenas. Com o tempo, nos tornamos amigos surpreendentemente próximos – e tudo isso sem a atração que geralmente acompanhava essas relações homem-mulher.

— Isso é bom — Murmurou Vair, colocando seu copo vazio na mesa próxima. — Fico feliz em saber disso.

Eu, terminando de tomar minha própria bebida,

quase me engasguei com o líquido doce. Havia algo quase *possessivo* no jeito de Vair olhar para mim. Seu olhar falava de interesse de macho no cio e algo mais.

Algo que me incomodava muito.

Colocando minha bebida na mesa do bar, dei a ele um sorriso cuidadoso e alguns passos para trás. — Obrigada pela bebida e pela dança, mas acho que vou agora. — Minha voz pareceu firme, mesmo com meu coração martelando na minha garganta. — Está ficando tarde e tenho muito trabalho para fazer amanhã.

— Achei que você estudasse. — Vair aproximou-se, claramente ignorando meu desejo de manter uma distância entre nós. — Para ser um Mestre, certo?

Eu engoli. — Sim, claro. Só quis dizer que tenho muito trabalho para fazer na minha tese. — *Merda.* Ele realmente suspeitou de algo – ou ele simplesmente gostou de brincar comigo, fazendo-me ficar nervosa. De qualquer forma, eu precisava achar Jay e me mandar de lá.

Eu estava começando a ter um mau pressentimento daquilo tudo.

— Não acho que seu amigo esteja realmente pronto para ir — Disse Vair, olhando para Jay – que estava feliz entre a Barbie e o Krinar masculino, como um sanduíche. — Na verdade, tenho quase certeza de que ele preferiria ficar. — A voz de Vair era cheia de divertimento, mas seus olhos brilhavam sombriamente quando ele voltou sua atenção para mim, e disse calmamente: — Você deveria ficar também, querida – conhecer mais sobre nós.

Eu abri a boca para declinar de sua oferta, mas, naquele momento, as luzes diminuíram mais ainda e a música mudou, tornando-se duas vezes mais alta. Eu não consegui mais ver meu amigo no outro lado do salão; o brilho vermelho escuro praticamente nem me deixava identificar as feições de Vair e ele estava em pé bem na minha frente.

— Espera... — Comecei, desconcertada pela mudança súbita do cenário, mas Vair já estava me puxando para seus braços e nos levando para a pista de dança.

CAPÍTULO SEIS

Espantada e alarmada, eu empurrei Vair, mas era como tentar mover uma parede. Tudo o que podia fazer era segui-lo enquanto ele balançava num ritmo sensual, mantendo-me fortemente presa a ele. A música berrava à nossa volta, a batida rápida e exótica e seu calor junto com seu cheiro me envolviam, me prendendo numa teia sinistramente sedutora. Ele era tão forte que meus pés quase não tocavam o piso, enquanto me segurava; era como se eu fosse uma boneca de pano, um objeto inanimado que ele pudesse mover ao seu contento.

Agora, ele já não se importava de manter qualquer distância entre nós. Eu conseguia sentir cada centímetro do seu corpo musculoso e notei com espanto que ele já estava ereto, sua ereção pressionando minha barriga. Ofegando, tentei empurrá-lo novamente, mas ele ignorou meus esforços que não surtiam nenhum efeito, segurando-me sem esforço aparente. Seus olhos brilhavam na escuridão, observando-me com fome óbvia e meu coração martelou mais forte no meu peito quando percebi que ele não tinha intenção de deixar-me ir desta vez.

Não até que conseguisse o que queria de mim.

O pensamento deveria ser aterrador, mas a resposta do meu corpo não tinha nada a ver com medo. Meus mamilos intumesceram dentro do sutiã e consegui sentir a umidade na minha calcinha. Meu corpo o queria com um instinto animal primitivo e não se importava com o fato de que aquilo estava acontecendo contra a minha vontade – que minha mente não queria ter nada a ver com Vair.

Enquanto nossa dança forçada continuava, a noite ficou surreal para mim. Tudo sobre aquele lugar parecia um sonho, desde as luzes vermelhas piscando saindo de uma fonte invisível, ao homem espantosamente belo que me aprisionava nos seus braços. A música pulsava ao tom do meu corpo e minha cabeça girava, meus sentidos totalmente sobrecarregados. A bebida, pensei vagamente, olhando para ele, mas eu sabia que o álcool era apenas parcialmente responsável pela confusão encobrindo meu cérebro.

Era *ele*. Vair era a razão de eu estar me sentindo assim. Minha atração por ele era mais forte do que qualquer coisa que havia experimentado – e julgando pelo bolo duro empurrando meu estômago, ele me queria com a mesma intensidade. Seu olhar falava de prazeres sombrios e lençóis trocados, de êxtase e luxúria. Minhas mãos subiram e descansaram nos seus ombros quando parei de tentar empurrá-lo e seus olhos brilharam com mais força ante minha rendição tácita.

Eu não tinha certeza de quanto tempo se passou enquanto dançávamos daquele jeito. Todos os meus sentidos estavam focados nele – na pressão dura do seu corpo contra o meu e no cheiro quente da sua pele... do jeito que me segurava, com uma mão aberta na parte de cima das minhas costas e a outra, envolvendo minha cintura. Movia-nos como um, nossos corpos aparentemente no mesmo tom, apesar de eu não ter liberdade de me mover de modo diferente. Depois de um tempo, sua mão deslizou das minhas costas para o meu pescoço, seus dedos entrando nos meus cabelos e acariciando a pele nua da minha nuca e o calor dentro de mim aumentou, minha respiração ficando mais rápida.

Quando ele abaixou sua cabeça e solicitou meus lábios, foi quase como um alívio, apesar de aumentar a tensão crescendo dentro de mim, aumentando ainda mais meu desejo. Não havia erro no jeito que ele tocou minha boca, nem um pouco de hesitação. Vair beijou-me como dançava – com habilidade dominante e força sem pressa, seus lábios e língua me excitando e invadindo ao mesmo tempo. Ele não pediu que eu correspondesse; ele exigiu e não pude evitar a não ser correspondê-lo, minhas mãos presas aos seus ombros e meus lábios se abrindo para deixá-lo entrar.

Minhas costas tocaram uma superfície dura e vi que

havíamos, de alguma forma, chegado perto de uma parede. Antes de conseguir raciocinar, uma das suas mãos deslizou para dentro do meu cabelo, segurando meu crânio e sua outra mão desceu, para a curva do meu traseiro. Ainda me beijando, ele me tirou do chão com uma mão, segurando-me contra a parede para que pudesse esfregar sua ereção na parte macia entre minhas pernas. A pressão forte aumentou a tensão dentro de mim e eu gemi na sua boca, incapaz de me controlar.

— Sim, desse jeito, querida — Sussurrou ele, sua respiração quente no meu ouvido enquanto sua boca passava pelo meu rosto. Seus lábios tocando o lóbulo do meu ouvido e, então, ele o mordeu levemente, enviando calafrios por todo o meu corpo. — Uma coisinha tão linda e deliciosa…

Eu gemi novamente, meus olhos fechando e minha cabeça pulsando quando ele começou a beijar a parte debaixo da minha mandíbula, sua boca deixando uma umidade quente na minha pele. Racionalmente, eu sabia que aquilo era errado, mas racionalidade não era o que dominava minha mente naquele momento. Meu corpo estava pegando fogo e meu sexo pulsava com desejo. — Por favor — Sussurrei desesperadamente. — Por favor, Vair… — Eu não sabia se estava pedindo para ele parar ou continuar e, apesar de tudo, aquilo não importava. Eu estava completamente sob seu domínio, meu corpo era dele para que brincasse e manipulasse ao seu gosto.

Ele deu uma risadinha, o som baixo e sinistro,

então, sua boca moveu-se mais para baixo, para a curva sensível do meu pescoço. Senti seus dentes rasparem na minha pele e a dor leve apenas aumentou meu tesão, fazendo com que eu me esfregasse nele. — Sim, assim — Murmurou ele com voz rouca, sua mão apertando meu traseiro. — Desse jeito, querida...

Perdida no meu desejo ardente, eu quase não registrei o fato da parede atrás de mim desaparecer. Foi apenas quando me achei deitada num tipo de superfície confortável que a sirene de aviso soou na minha mente.

Onde eu estava?

O pânico tomou conta de mim, retirando temporariamente minha visão turva. Ofegando, eu abri os olhos e vi o rosto bronzeado de Vair pairando sobre mim. A música ainda tocando, as luzes piscando, mas não estávamos mais junto ao grupo que dançava. Em vez disso, estávamos em algum espaço privado, comigo deitada numa superfície que parecia uma cama.

— O que.. onde... — Comecei a falar, chocada, e ele abaixou sua cabeça, pegando minha boca novamente. Ao mesmo tempo, ele pegou meus pulsos, esticando meus braços para cima da minha cabeça antes de colocar ambos meus pulsos numa das suas mãos grandes.

Eu estava agora impotente, presa e totalmente a mercê dele.

Essa percepção deveria ter esfriado meu desejo, mas tão logo ele recomeçou a me beijar, um derretimento lânguido espalhou-se pelo meu corpo, enfraquecendo minha inclinação de lutar. Ondas de calor passaram pela minha pele e meus mamilos pulsaram, tornando-se totalmente sensíveis. Um calor escorregadio acumulou-se entre minhas pernas e quando Vair deslizou sua mão livre na parte da frente do meu vestido, eu arqueei inconscientemente em resposta ao seu toque, desesperadamente desejando mais.

Assim que meus olhos rolaram fechados, a sensação de irrealidade que tomara conta de mim antes, voltou. Parecia que tudo era um sonho, uma fantasia sinistra acontecendo apenas na minha mente. Quando Vair enganchou seus dedos na parte de cima do meu vestido e o rasgou ao meio, eu pulei ante a violência repentina do movimento, mas mesmo isso não foi o bastante para me retirar do meu transe sexual. Tudo o que havia no meu mundo eram calor e prazer, seu toque e o peso do seu corpo sobre o meu.

Meu sutiã e calcinha sofreram o mesmo destino do meu vestido e, então, ele serpenteou seu corpo para baixo, liberando meus pulsos para segurar meus seios com ambas as mãos grandes. Sua boca colada nos meus mamilos, primeiro um, então, o outro, fazendo-me gritar ante o prazer agudo e pulsante. Minhas mãos, finalmente livres da sua pegada, de alguma forma acharam o caminho para a cabeça dele e eu segurei seu cabelo com mão cheia, não sabendo se eu estava tentando empurrá-lo ou trazê-lo para mais perto.

Ele moveu-se para cima de mim então, cobrindo-me com seu corpo nu e eu percebi que suas roupas também haviam sumido, apesar de não tê-lo visto removê-las. Não tive a chance de ponderar sobre o mistério, visto que em todo lugar que nossa pele se tocava, minha carne pinicava, como se estivesse eletrificada. Ao abrir meus olhos, olhei nos olhos dele e vi a mesma fome desesperada refletida nas suas feições.

Ele me desejava.

Ele me desejava e iria me possuir.

Seus joelhos entraram entre minhas pernas, abrindo-as e ofeguei quando senti a cabeça grande e lisa do pau dele raspar na parte interna da minha coxa. Apesar de não poder vê-la, sua ereção era massiva e meus músculos ficaram tensos com o puro medo feminino. Será que ele me machucaria? E se nossas espécies não fossem sexualmente incompatíveis como eu havia ouvido?

Mas era tarde demais para me preocupar com aquilo. Antes de poder dizer qualquer coisa, ele me beijou novamente, exigindo minha boca com proficiência devastadora e se guiou para a entrada.

Sua penetração era lenta e cuidadosa, dando-me tempo para me ajustar à sua espessura. Contudo, eu me senti quase que dolorosamente esticada enquanto ele entrava, centímetro a centímetro. Minhas mãos apertadas nos seus cabelos e eu poderia ter gritado, mas ele continuou com sua boca em mim, distraindo-me com seus beijos inebriantes e deliciosos. Apenas quando ele estava todo dentro de mim que deixou-me pegar ar e tudo que consegui fazer naquela hora foi olhar para ele, ofegando, meu corpo cheio e dominado pela sua possessão.

Ele ficou parado por um momento, olhando-me,

daí, começou a se mover, suas estocadas devagar no início, gradualmente aumentando a velocidade. Após alguns momentos, meu desconforto diminuiu, trocado por um calor constante e crescente. Meus olhos fechados novamente e minhas mãos desceram para os lados dele, segurando-o quando a tensão dentro de mim aumentou, cada enfiada enviando-me num espiral mais e mais alto. Eu conseguia ouvir meus próprios gritos e gemidos ofegantes, meus joelhos subiram, minhas pernas dobrando-se em volta da cintura dele, trazendo-o mais fundo dentro de mim. As sensações que balançavam meu corpo eram tão intensas que parecia que eu iria me despedaçar... e, finalmente, eu consegui, o orgasmo correndo em mim com força incrível e arrasadora. Meu corpo convulsionou, meus músculos internos se contraindo e eu o ouvi gemer, seu pau pulsando dentro de mim quando ele atingiu seu próprio ápice.

Terminou, pensei, demasiadamente chocada para me mover. Pequenos choques de prazer posteriores ainda passando pelo meu corpo e senti como se meus músculos tivessem virado geleia. Minhas mãos ainda agarradas nos lados dele, minhas unhas entrando na sua pele e forcei-me a abaixar a mão para o colchão – ou qualquer que fosse a superfície confortável onde estava.

Então, abri meus olhos vagarosamente e olhei para Vair.

Ele estava em cima dos seus cotovelos, olhando para mim. Sua respiração mais pesada do que o normal, seu pau um pouco mais mole ainda dentro de mim. Quando nossos olhos se encontraram, vi que o calor no seu olhar havia diminuído um pouco e, chocada, senti-o endurecendo dentro de mim novamente.

— Você está bem? — Perguntou ele calmo e eu assenti automaticamente. Meu corpo ainda pulsando pelo orgasmo, minha carne escorregadia e inchada em volta do seu pau duro e minha mente estava rodopiando.

Eu, que sempre havia sido bem cuidadosa e precavida no que tangia a parceiros de cama, acabara de fazer sexo com um homem que quase não conhecia.

Não, não um homem. Com um K masculino – um alien que havia invadido meu corpo tão sem cerimônia quanto sua espécie havia tomado meu planeta.

— Ótimo — Sussurrou Vair, um sorriso sinistro nos seus lábios quando ele começou a se mover dentro de mim novamente. — Porque ainda não terminei com você, humana pequenina...

Emudecida pelo choque, eu olhei para ele, incapaz de acreditar que aquilo estivesse acontecendo – e que meu corpo estivesse respondendo novamente. Até a ardência que estava começando a sentir não parecia importar; cada estocada do pau dele estava reacendendo o fogo dentro de mim, fazendo-me queimar com necessidade novamente. Minhas mãos instintivamente se levantaram, segurando seus lados mais uma vez e meus joelhos dobrados apertaram-se em volta do seu quadril novamente.

— Sim, exatamente assim, querida — Murmurou ele, abaixando sua cabeça para acariciar meu pescoço. Seus lábios quentes pressionados contra a pele sensível logo abaixo do lóbulo do meu ouvido e eu tremi de prazer, me arqueando para ele numa súplica silenciosa por mais. — Tão doce, exatamente como acharia que você fosse...

Enquanto ele continuava empurrando num ritmo constante, sua boca se esfregava no meu pescoço e uma das suas mãos entrou entre nossos corpos, penetrando minhas dobras molhadas. Meu clitóris pulsou ao seu toque e fiquei tensa quando senti outro orgasmo se aproximando. Antes que pudesse chegar ao clímax, contudo, eu senti algo cortar no meu pescoço – um calor penetrante que era tão doloroso quanto chocante.

Espantada, eu gritei, pulando contra ele quando senti sua boca prender-se ao local ferido. *Aqueles rumores de vampirismo*, pensei em pânico, *eles tinham que ser verdade...* e, então, eu não consegui pensar em absolutamente nada quando meus sentidos explodiram num êxtase intenso. O clímax que havia pairado tão próximo passou por mim, mas não parou; as sensações aumentaram em vez de diminuírem enquanto eu gritava ante minha liberação. Minha pele queimava, meu coração acelerava e eu não estava ciente de nada além do prazer intenso e avassalador. A sugada da sua boca no meu pescoço, a força do seu pau – aquelas eram as únicas coisas reais no meu mundo e eu gritei enquanto meu corpo se convulsionava vez após vez numa felicidade implacável e agonizante.

Eu não tinha certeza de quanto tempo aquilo aconteceu. Poderiam ser horas ou dias. Tudo que eu sabia era que o êxtase parecia continuar para sempre, até que minha mente e corpo não podiam mais lidar com aquilo e eu desmaiei no abraço sombrio de Vair.

CAPÍTULO SETE

O ALARME TOCOU INSTANTANEAMENTE, TIRANDO-ME DE um sono profundo. Gemendo, eu rolei e bati no relógio chato, desesperada por pará-lo. O barulho parou e eu gemi novamente, colocando minhas cobertas sobre a cabeça.

Ugh. Eu realmente não queria ir trabalhar. Como poderia já ser segunda-feira? Só era sexta...

Sexta! Sentando-me num salto, eu olhei de boca aberta para as paredes do meu quarto, meu coração disparado no meu peito quando as memórias de sexta à noite chegaram ao meu cérebro. Eu havia ido a um Clube-X com Jay... dançara com um K... tinha feito *sexo* com aquele K, e então...

Puta merda. Será que Vair me mordeu? Minha mão correu para o meu pescoço, mas tudo que consegui sentir foi a pele macia. Em geral, meu corpo parecia não estar com nenhuma dor, apesar de eu me lembrar com clareza de ter me sentido dolorida após a primeira foda naquela noite – e se minha memória embaçada do segundo, terceiro e quarto contato estava de alguma forma correta, eu deveria estar com um grande desconforto. Será que eu sonhei tudo aquilo, e se não, que diabos aconteceu e como eu tinha acabado no meu próprio apartamento?

Saindo da cama, eu corri para a penteadeira, onde estava minha pequena bolsa de mão. Pegando, procurei meu telefone e olhei para a tela, minha respiração saiu forte pelo alívio quando vi a data.

Era sábado. Eu não havia perdido todo o final de semana; devia simplesmente ter esquecido de desligar o alarme quando fui para a cama ontem à noite.

Exceto que não me lembrava de ter ido para a cama ontem à noite, pensei com um calafrio bem no fundo de mim. A noite passada que me lembrava claramente era daquele êxtase de inconsciência depois de Vair ter me mordido – ou o que quer que fosse o que ele fez no meu pescoço. Um arrepio frio passou por mim quando me lembrei e só então vi que estava em pé nua.

Completamente nua – quando eu geralmente dormia com um top e calcinha de algodão.

Alguém havia me colocado na cama ontem à noite... e aquele alguém não tinha sido eu.

Pela primeira vez, concluí que alguém – bem provavelmente o K – havia estado no meu apartamento.

Talvez ele ainda estivesse *no* meu apartamento.

Eu quase hiperventilei ao pensar.

— Olá? — Chamei, minha voz tremendo. Abrindo a

penteadeira freneticamente, peguei a camiseta mais próxima e uma calça yoga e as coloquei. — Olá? Alguém aí?

O silêncio foi a única resposta.

Pegando o telefone, abri a porta do quarto e saí com cuidado para a minha pequena sala de estar, tentando convencer-me a não entrar em pânico. Talvez tudo aquilo *houvesse* sido um sonho e eu apenas bebi demais com Jay novamente. Talvez eu caí na cama nua e apenas não conseguia me lembrar. Coisas estranhas aconteciam quando o assunto era festa estilo Jay.

Jay! Meu pulso deu um pulo quando lembrei-me de que ele havia estado lá comigo – e quando o vi pela última vez, ele estava indo para um encontro mais de perto não com um, mas com dois Krinars. O que aconteceu com ele? Onde estaria ele agora?

Para meu total alívio, a sala estava vazia – assim como a cozinha e o banheiro. Meu apartamento era pequeno, apenas um estúdio convertido, assim, não havia muitos lugares em que um K pudesse se esconder. Eu estava só e segura naquele momento.

Ainda tremendo pela dose de adrenalina, sentei-me na mesa da cozinha e disquei o número de Jay. Ele não respondeu de pronto e quando eu pensei que entraria em pânico, ouvi sua voz rouca pelo sono: — Alô?

— Jay! — Eu quase chorei. — Jay, você está bem?

— O quê? Oh… Amy? — Ele parecia desorientado. — Qual… qual o problema?

— Jay, o que aconteceu ontem à noite?

— Ontem à noite? — Quase consegui ouvir as

engrenagens começando a funcionar no seu cérebro tonto pelo sono. — Ontem à noite... oh merda, garotinha, fomos ao clube! A porra do Clube-X! Você está bem? Você sumiu com o K e, então...

— O que aconteceu com *você*? — Interrompi, ainda não querendo falar sobre minha experiência. — Você dormiu com aqueles dois Ks?

Jay riu feliz. — Dormir com eles? Garotinha, fizemos tudo *menos* dormir e foi a merda mais intensa que eu havia experimentado – como Ecstasy combinado com heroína e amplificado dez vezes. Eu nem imagino como terminei em casa. Devemos ter ficado na festa a noite toda porque não me lembro de nada agora.

— Certo, aham. — Esfreguei a ponte do meu nariz, a adrenalina saindo de mim. Parecia que Jay tinha passado pela mesma experiência que eu. O que quer que tivesse acontecido conosco ontem à noite foi muito além do sexo normal, corroborando todas as histórias que havia lido online.

Tinha certeza agora que a noite havia sido real – o que deixava o mistério de como eu terminei em casa após ter passado a noite no clube.

Ou, pelo menos, eu concluía que havia passado a noite no clube, visto minhas últimas memórias serem de sexo sem parar e prazer impossivelmente intenso.

Enquanto Jay continuava a falar, dizendo-me tudo sobre como a Barbie K investira nele enquanto ele estava sendo fodido pelo Krinar macho, eu tentei organizar as possibilidades. A única coisa que fazia qualquer sentido era que Vair tinha me trazido para casa... o que significava que ele sabia quem eu era e onde morava.

Ele devia ter achado minha carteira de motorista na minha bolsa, decidi após um momento pensando desconfortável. Se ele sabia mais do que aquilo sobre mim – se ele soubesse que eu era uma jornalista – duvido que me deixaria ir com tanta facilidade.

Tive sorte, assim como Jay.

Quando ele terminou de descrever sua orgia, eu falei sobre o que aconteceu comigo, não mencionando a natureza forçada da sedução de Vair e minha própria reação indefesa. O fato de que acabei fazendo sexo contra minhas melhores convicções – e que havia sido o melhor sexo da minha vida – não era algo que eu quisesse analisar tão de perto.

— Caramba, excelente, garotinha — Disse Jay com admiração quando terminei de falar sobre o que aconteceu na noite de forma generalizada. — Você se soltou mesmo dessa vez. Estou orgulhoso de você. Então, e agora? Você vai voltar ao clube?

— Não — Disse. Uma noite de sexo do outro mundo é o bastante para mim. — Agora, escrevo a história.

Era hora da minha carreira de verdade começar.

VAIR

CAPÍTULO OITO

A MEMÓRIA DAS SUAS MÃOS SEGURANDO E POSICIONANDO meu quadril encobriu minha mente enquanto as pontas dos meus dedos faziam barulho no teclado. As palavras na tela à minha frente se turvando e, mais uma vez, perdi o foco no artigo que estava escrevendo quando me lembrei dele enfiando sua espessura impossível em mim por trás, como sua língua havia lambido entre minhas escápulas e seus dentes tinham esfregado o lóbulo de minha orelha, seus dedos circulando de forma louca meu clitóris encharcado até que eu...

Porra.

Aquilo tinha acontecido durante todo o dia. Um minuto, eu estava no meu palanque virtual expondo os benefícios de comer osso de canja de galinha e bacon, citando a pesquisa da dieta Paleo e estudos de caso e, no próximo, estava à beira da loucura – pele ruborizada, coxas se apertando sob a mesa ao me lembrar da sensação incompreensivelmente extasiante de tê-lo dentro de mim.

Deus, aquilo foi como nada que eu havia sentido antes.

Ou sentiria novamente.

Porque eu tinha fodido um alienígena.

Era uma coisa difícil que dava voltas dentro da minha cabeça o dia todo.

Todos os dias.

O dia todo.

De manhã, enquanto tomava meu café, ao participar de reuniões no trabalho, quando me dirigia ao metrô, enquanto lavava meu cabelo no chuveiro – *particularmente enquanto estava tomando banho.* Mesmo nos sonhos, eu sonhava com ele.

Já se passou um mês. Quatro semanas, dois dias e treze horas desde que me aventurei num clube de sexo de um alien no Distrito de Meatpacking, na Cidade de Nova York.

A gravidade do que eu fiz naquela noite ainda me confundia todos os dias, mas era a magnitude da situação em que estava que me aprisionava no que estava se tornando mais sufocante a cada hora.

Eu não conseguia me esquecer daquilo por um segundo e saber que esse problema atual era somente por minha causa, não ajudava.

Porque a verdade era, eu poderia ter evitado. Duas vezes. Antes de eu ter dormido com o belo dono do Clube-X, e, então, depois.

Eu poderia fechar aquela experiência que explodia

minha mente totalmente, nunca deixando uma alma além do meu colega de trabalho e parceiro no clube de sexo alienígena, Jay, saber de nada do que havia acontecido.

Mas, em vez disso, eu fiz o que uma garota de vinte e quatro anos com uma montanha de dívida de empréstimo estudantil faria.

Eu havia escrito um artigo sobre sexo com um alien para o *The New York Herald*.

Mas… eu não havia falado exatamente *tudo*. Eu fiz o que os bons jornalistas devem fazer. Retirei-me de todos os eventos revelados com meu *sexposé* (revelação sexual) alienígena e relatei que aquilo havia sido baseado nas minhas entrevistas com *outros* humanos não revelados.

E consegui me livrar disso. *Até agora.* O que era o que me confundia e preocupava mais, aumentando minha paranoia e meu medo de uma iminente retaliação alienígena a novas alturas a cada dia que passava.

Meu computador sinalizou e um pequeno alerta de chegada de email apareceu no canto inferior direito da minha tela. Notando o remetente, cliquei no botão 'x' no canto do aviso para rejeitá-lo. Eu tinha um prazo a cumprir e não podia perder tempo com emails ridículos da minha mãe esta noite – não mais distraída do que já estava, na verdade.

Outro aviso apareceu, seguido da janela de alerta. Eu suspirei e esperei quando mais oito alertas soaram e suas janelas apareceram. Ela estava excitada para uma noite de sexta-feira. Após o décimo primeiro alerta, fui para o meu navegador e saí da minha conta pessoal no Outlook.

Minha mãe havia sido do tipo que 'o céu vai desabar', tipo franguinha assustada bem antes que Krinars houvessem realmente caído do céu dois anos atrás, para controlar a Terra. Sua primeira dança de vitória do tipo 'não te disse' no início da onda de pânico na invasão tinha sido rapidamente seguida por emails diários de 'notícias' aleatórias de fontes premeditando todas as formas horríveis que os humanos seriam maltratados e, finalmente, mortos pelos Ks.

A facilidade da minha mãe de prontamente aceitar os absurdos irracionais das fontes de mídia *deve* ter contado no meu desejo de procurar fatos relatados, acima de tudo na minha carreira de jornalista.

Infelizmente, os fatos eram geralmente iniciados por outros fatores. E a verdade vinha em tons além de preto e branco.

Tão 'preciso' como o *sexposé* do meu alienígena havia sido, não tinha sido totalmente imparcial.

Meu artigo aclamado não tinha apenas omitido toda a culpa da minha parte como uma participante voluntária na melhor experiência sexual da minha vida, mas havia também mostrado os Ks numa perspectiva um tanto negativa, mostrando-os como predadores sexuais em que a retirada de sangue trazia um efeito afrodisíaco e de êxtase aos humanos.

Em momentos menos tensos, eu poderia admitir

que essa tendência específica era fruto da necessidade do meu ego de racionalizar minha resposta embaraçosa para Vair naquela noite.

Durante meus anos de faculdade, eu sempre fui cuidadosa, bem cuidadosa com os poucos homens que namorei. Eu primeiro ficava amiga de todos os meus namorados, conhecendo-os bem antes que as coisas fossem para o lado sexual. Eu nunca cheguei nem perto de ficar por uma noite.

E, então, um mês atrás, a primeiríssima vez que relaxei e permiti que minha paixão ditasse minhas ações, fui e tive um encontro de uma noite com um extraterrestre vampiresco e mortal que sugou meu sangue e me fodeu até que literalmente colapsei inconsciente pela exaustão sexual.

Meu telefone tocou na minha mesa, me assustando. O número da minha mãe aparecendo na tela.

Oh, que inferno. Não parecia que eu iria conseguir terminar meu trabalho. Conversar com minha mãe seria o jeito mais rápido e seguro de remover minha mente errante do sexo.

Apertei o botão do viva-voz. — Ei, mãe.

— Você leu meu email?

— Você quer dizer a *dúzia* de emails que me mandou dez segundos atrás?

— Sim. — Ela respondeu sem hesitação ou desculpas.

Mordi o sorriso se formando nos meus lábios e balancei a cabeça para o teto. — Não. Ainda estou trabalhando. Tenho um prazo para um artigo.

Houve um suspiro forte do outro lado da linha, seguido de um som de objetos batendo e, então, um grito abafado para que meu pai viesse rapidamente.

— Você não está trabalhando aí, está? — Ela parecia sem ar agora. — Achei que você tivesse decidido na semana passada que iria se demitir do *The Herald* e fosse para um esconderijo?

— Não. *Você* decidiu que eu deveria ir para um esconderijo. — Eu abaixei o volume do viva-voz. Eu tinha quase certeza de que era a única ainda trabalhando no meu lado do andar, mas só por precaução.

— Você não está escrevendo outro artigo sobre ET, espero?

— Sim. Isso é mais ou menos coisa minha agora, mamãe. Recebo todas as histórias dos Krinars.

Outro suspiro' pesado, seguido de um som de fungada. — Tem mais xenófilos vitimados vindo com suas histórias de clube de sexo?

Eu tremi. Xenófilos, ou xenos, era o termo depreciativo para os humanos que sentiam desejo pelos Ks e procuravam ter relações sexuais com eles. 'Viciados em K' era outro nome mais neutro para eles. Era o fenômeno preocupante que havia dado início aos clubes-xenos – também conhecidos por Clube-X – que eu relatei no meu artigo.

— Não. — Limpei minha garganta. — Este é sobre o estilo de vida vegana forçado deles e de como não está apenas roubando nossa livre escolha, mas potencialmente prejudicando nossa saúde e a saúde das futuras gerações, apenas pelo motivo de satisfazer as preferências *deles*.

Dois anos atrás, quando a espécie Krinar havia invadido e assumido o controle da Terra, eles se inseriram em todos os aspectos do nosso mundo – até nos alimentos prontamente disponíveis para consumo. Eles fecharam nossos complexos de fazendas industriais e forçaram produtores de carne e laticínios a, em vez disso, plantarem frutas e vegetais. Hoje em dia, qualquer carne ou produto de leite é vendido a preços ultrajantes.

Os Ks alegaram estar fazendo isso para nosso próprio benefício, para prevenirmos de destruir mais ainda nossos corpos já fracos e doentes, e nosso planeta até mais doente com nossa super produção e super consumo de produtos de leite.

E isso deu bem o tom de como poderíamos esperar ser vistos pelos nossos novos senhores – como formas de vida inferiores não inteligentes o bastante para fazer até as escolhas mais básicas do dia sobre os alimentos que colocamos nos nossos corpos.

— Mas você tem sido uma vegana por oito anos. — A voz do meu pai parecia confusa.

— Oh, oi, papai. Sim, isso é verdade. Mas esse não é o ponto. O ponto é: é nosso direito...

— O ponto é, por que *nós* temos que desistir de carne de gordura de porco quando eles estão comendo humanos nos clubes de dança? — Cortou minha mãe exasperada.

Oh, Jesus. — Olha, tenho que voltar a trabalhar. Ligo para vocês no domingo, certo?

— Amy. — A voz do meu pai era calma, mas cheia de preocupação. — Achamos que você precisa parar de antagonizar os Ks com esses artigos. Do pouco que sabemos deles, eles são uma espécie violenta e perigosa... capazes de tudo. Não é sábio arriscar...

— Você tem que parar! — O tom frenético da minha mãe estava se aproximando do mi-bemol. — Seu pai e eu estamos doentes de preocupação de que aqueles ETs irão aí para te matar e comer seu cérebro a qualquer momento.

Eu sabia que não deveria ter atendido a ligação. — É sangue que eles gostam, mamãe. Não cérebro.

— Eles também comem cérebro — Insistiu ela. — Te mandei uma entrevista no YouTube sobre isso.

Aqui vamos nós. — OK, se lembra quando discutimos sobre o YouTube não ser a fonte mais confiável...

— O vídeo do YouTube da resistência saudita sendo massacrada pelos Ks foi confirmado como sendo legítimo — Lembrou-me meu pai. — Ninguém achou que aquela gravação seria possivelmente real no início também.

Ele tinha razão, mas eu não falaria sobre isso agora. — Aquilo era diferente, papai.

A lembrança da filmagem inicial dos Ks nunca deixou de induzir tremedeira interna. Durante as primeiras semanas da invasão Krinar, guerrilheiros do Oriente Médio tinham emboscado um pequeno grupo de Ks desarmados. O evento macabro que se passou havia sido filmado por iPhone, mostrando a todo o mundo exatamente a espécie avançada geneticamente – e positivamente implacável – que havia tomada o planeta Terra. Trinta e poucos sauditas armados com granadas e rifles de assalto automático não foram páreo para os seis Ks desarmados capazes de se mover com velocidade sobre-humana e fortes o bastante para literalmente rasgar seus atacantes humanos com mãos vazias – e jogá-los até a altura de um metro e oitenta com esforço mínimo.

— Fontes dizem que eles estão construindo campos de trabalho na Costa Rica — Continuou meu pai.

Eu suspirei e deixei meus olhos rolarem. *'Fontes'* realmente.

— Eles estão desenvolvendo locais de tortura e execução para humanos criminosos — Interferiu minha mãe.

Isso já era demais. Eu precisava voltar ao trabalho.

— Sua mãe leu que eles decapitaram publicamente criminosos no seu país natal, em Krina.

— E eles fazem uma festa onde bebem o sangue deles e comem seu cérebro e outros órgãos — Fungou ela.

Ugh. Meu estômago revirou. — Gente, eu realmente tenho que desligar agora; meu chefe acabou de me enviar uma atualização.

— Tudo bem, querida, mas sua mãe e eu estamos muito preocupados. Respeitamos o que você está tentando fazer para o bem das pessoas, mas achamos que seria melhor se você fosse para um esconderijo e escrevesse para uma das fontes de notícias escondidas que nos inscrevemos.

Claro que eles se inscreveram. — Obrigada, papai. Mas você não tem que se preocupar comigo. Tudo está bem. Acredite em mim, se os Ks tivessem ficado nervosos com minha história sobre o Clube-X, eles a teriam tirado de circulação tão logo foi liberada. Eles nunca teriam deixado que recebesse tanta atenção da imprensa e da mídia. — Pelo menos, espero que seja assim. *Eu estava dependendo dessa teoria.* — Não é como se *The New York Herald* estivesse fora do alcance ou da influência deles. Já foi bem confirmado que os Ks monitoram e controlam a mídia mundial a esta altura.

— Você diz isso agora, mas o que vai acontecer se eles vierem atrás de você e te levarem pra um campo de tortura dos Ks — a voz de mamãe parou num soluço exagerado e histérico —, e ficaremos pensando quantos alienígenas comeram o cérebro da nossa garotinha no jantar?

Com um gemido abafado de preocupação, ela soluçou um até logo melodramático e saiu batendo o pé bem alto.

Essa era minha mãe. Se havia uma coisa que podíamos sempre contar com ela, era a inclinação para um drama de fim de mundo e a propensão a falar as coisas mais desesperadoras e inapropriadas nos momentos inoportunos.

Uma pausa longa e desagradável seguiu-se. Vinte e sete anos de casados e meu pai nunca conseguiu aprender como reagir aos ataques especiais de loucuras da minha mãe. Era uma coisa estranha entre eles e isso me perturbava enquanto eu crescia.

Eventualmente, ele disse: — Devo desligar agora.

— Ok, papai. Ligo no domingo.

— Falo com você então. Tenha cuidado, Amy.

CAPÍTULO NOVE

DESLIGUEI E VOLTEI A ESCREVER, RETIRANDO MINHA relação disfuncional com meus pais e o medo louco de K da minha mãe da minha mente enquanto abria aspas a uma pesquisa da Fundação Weston A. Price realçando os méritos da banha de porco, da manteiga com gordura saturada e do óleo de fígado de bacalhau para o consumo.

Os Krinars eram uma espécie ancestral altamente inteligente que claramente tinha vantagens genéticas sobre os humanos, dado o que testemunhamos no que tangia suas capacidades físicas, sem mencionar o que se falava sobre seu período de vida estendido. Eles tomaram a Terra em questão de semanas, apresentando tecnologia mais impressionante do que qualquer coisa que nossos romances de ficção científica jamais contemplaram. E apesar de sermos parecidos com eles – apesar de bem menos bonitos e com aparência menos perfeita – segundo as próprias declarações dos

Krinars, nosso DNA humano era, na verdade, mais similar ao de um gorila do que de um Krinar.

Mesmo assim, que inferno eram eles para decidirem o que *nós* devíamos comer?

Preferi ignorar o fato de que os gorilas eram herbívoros – visto ser irrelevante em relação ao assunto. *Mais ou menos.*

E, além disso, se uma dieta vegana fosse tão completa para eles como espécie, por que eles queriam tanto nosso sangue? Talvez *eles* que estivessem sentindo falta de alguma coisa da sua dieta vegana perfeita que agora submetiam todo o nosso planeta. E se esse mesmo elo perdido na dieta deles levasse os humanos a eventualmente também sentir necessidade de sangue?

Porra. Retirei meus óculos e esfreguei os olhos. Eu estava saindo dos trilhos e pensando como minha mãe agora.

Minha mente voltou aos pensamentos de Vair – especificamente do jeito que ele me mordeu naquela noite no clube – e fiquei pensando no gosto que meu sangue teria para ele. Simplesmente pensar em como me *senti* pela sua mordida me deixava com tesão. Era uma lembrança que senti com prazer em mais de uma ocasião – com mais frequência do que conseguia contemplar.

E se eu estivesse me tornando uma xeno?

O pensamento me aterrorizou – e me deu tesão.

Eu não conseguia parar de pensar nele.

Com demasiada frequência fiquei deitada acordada

de noite, pensando no que ele estava fazendo naquele exato momento. Fui até o ponto de pensar em diferentes cenários de como as coisas seriam se eu tivesse coragem de sair da cama, vestir-me e voltar ao seu clube.

Prova certa de que eu estava ficando louca.

Em alguns cenários, eu o imaginava ficando terrivelmente raivoso comigo pelo artigo que eu havia escrito sobre seu clube – possivelmente reagindo com violência. Só isso já era o bastante para que eu não voltasse. Noutras vezes eu o imaginava implicando comigo por ter voltado, rindo da minha cara e me expulsando do clube.

Mas, de alguma forma, seria mais provável que ele tivesse se esquecido de mim totalmente a essa altura – muito ocupado chupando e fodendo as melhores supermodelos de Nova York, sem dúvida.

Ironicamente, em vez de arruinar os negócios de Vair, o artigo que escrevi havia feito seu Clube-X o mais procurado clube de sexo secreto em Manhattan. Em vez de fugirem, os humanos ficaram mais curiosos do que nunca para explorar as promiscuidades sexuais dos Ks, resultando em mais xenos desejosos do que antes.

Eu balancei a cabeça. Eu havia inadvertidamente feito um favor para Vair com meu artigo. Ele não tinha razão de ficar bravo.

Mas, além disso, eu duvidava que ele estivesse tão preocupado comigo de uma forma ou de outra, baseado no fato de que eu *havia* sabido sobre Vair –

uma vez apenas – logo depois que minha história foi publicada.

Uma cesta de frutas exóticas enorme havia sido enviada para mim no *The Herald.* E por exótica, quero dizer que a cesta estava cheia de frutas que não poderiam ter sido cultivadas em nenhum lugar na Terra. Não consegui nem tocá-las de tão aterrorizada que fiquei, mas Jay meteu logo a cara, fuçando tudo e examinando cada fruta estranha e com aparência deliciosa que beirava à perfeição.

Havia um bilhete na cesta. E as poucas palavras escritas em negrito com formato retangular, cor de creme, quase me deram um ataque cardíaco.

Tese deliciosa, querida. Parabéns pelo seu Mestrado!

Eu reli aquelas palavras apenas algumas milhares de vezes, tornando-me, assim como Jay, com os nervos em frangalhos por analisarmos cada possível mensagem explícita e escondida na mensagem, apenas para aceitar o fato de que Vair estava mais uma vez brincando comigo, implicando comigo e fodendo com minha cabeça como espécie humana inferior, que era como ele me via.

Não era de admirar que ele estivesse se divertindo tanto quando menti sobre ser uma aluna fazendo meu Mestrado.

Decidi que sua nota era uma fala de Vair equivalente a: *Parabéns. Eu sabia de tudo desde o momento que você entrou no clube e brinquei bastante.*

Porque ele *havia* brincado comigo.

Eu sucumbi com muita facilidade aos seus inegáveis domínios sexuais.

E ele me mostrou que não dava a mínima ao meu pequeno artigo, enquanto deixava dolorosamente claro que ele ainda tinha todo o controle – e que poderia usá-lo para me destruir se quisesse.

Ele sabia onde eu morava. Onde trabalhava. Ele sabia a verdade do que havia acontecido conosco. Ele estava acima da lei – assim como todos os Ks – e bem acima da pirâmide alimentícia do que eu.

Mas ele deixou o artigo correr e minha pequena mentira se manteve apenas porque ele não ligou nem um pouco.

Essa própria conclusão deveria me deixar aliviada.

Mas não deixou. Por alguma razão, isso me enfureceu até o âmago.

Contra os protestos de Jay, joguei aquela cesta de frutas exóticas e belas no incinerador junto com o cartão sarcástico de Vair naquela mesma noite.

E me comprometi a escrever cada história anti-K que o *The Herald* publicasse dali em diante.

MEUS DEDOS ESTAVAM CORRENDO NO TECLADO QUANDO ambas as telas piscaram, então, apagaram.

Minha palma estava no topo da mesa de madeira laminada enquanto eu silenciosamente amaldiçoava os esforços do *The Herald* para cortar custos e sua tecnologia sempre mais barata.

Olhei para o meu relógio. Já passava das sete da noite.

Excelente. Ninguém do TI estaria por perto.

Debruçando-me para frente, eu alcancei atrás dos monitores, atrapalhada com as conexões, esperando que fosse apenas um cabo frouxo, quando minha tela abruptamente voltou, junto com as caixas de som – no volume máximo.

Congelei, meu coração martelando no peito ante a visão e os sons que me assaltaram.

O monitor à direita mostrava gravações de mim da noite em que fui ao Clube-X – meu corpo dançante alto nos braços de Vair, vestido na cintura, as costas contra a parede. Meu rosto coberto de desejo era claramente visível, meu grito solícito de: 'Por favor, Vair' distinto e audível no meio da batida de fundo da música do clube enquanto o belo alien se posicionava no ritmo entre minhas pernas abertas.

As cenas incriminadoras passando no monitor da esquerda eram bem piores, os sons ainda mais embaraçosos. Eu parei de respirar quando a montagem em alta definição do nosso entrelaçar, corpos nus brilhando copulando de todas as maneiras e posições imagináveis, passaram na minha tela.

Eu estava *tão* fodida.

CAPÍTULO DEZ

— TÁXI! — GRITEI PARA OS SEGURANÇAS NO SAGUÃO por cima das caixas de arquivos que equilibrava precariamente nos meu braços. — Por favor — Falei quando no canto do meu olho vi um dos guardas literalmente pular e se atrapalhar tentando segurar o telefone perto dele na recepção.

No esforço para manter minha voz normal, eu havia soado como uma puta real.

Os outros guardas correram para me ajudar com as caixas e perdi a compostura novamente. — Peguei!

Eu estava perto de um colapso para qualquer tipo de interação e as caixas de arquivos que estavam cheias até a boca com meus pertences pessoais eram uma barreira física que eu não estava disposta a partilhar naquele momento. Elas eram pesadas e desajeitadas, mas eu precisava descarregar parte da adrenalina passando por mim.

— Vou esperar lá fora — Anunciei, cortando o

primeiro segurança quando começou a falar que o táxi estava a caminho.

Usando o que meu ex-namorado havia dito que era meu ativo mais forte, eu empurrei a porta oscilante de vidro – com mais força do que era provavelmente necessário – antes que o guarda número dois tivesse a chance de abrir para mim.

— Obrigada — Murmurei num esforço atrasado para ser educada enquanto passava, a parte de trás primeiro.

O cheiro do início de outono na cidade de Nova York encheu meus pulmões enquanto levava minha pilha de pertences amontoados para fora, na calçada em membros vacilantes.

— Ei! Olha para onde está indo! — Uma mulher gritou para mim quando me virei sem olhar e quase bati nela com minhas caixas.

— Desculpe.

Jesus, precisava arrumar as coisas. Eu tinha que ver o que faria, onde poderia procurar ajuda.

Será que alguém poderia me ajudar?

Quão ruim era minha situação? Quantos veículos de notícia e mídia sociais já haviam recebido aquela gravação?

Será que minha mãe veria?

Meu pai?

Meus olhos queimavam sem lágrimas e meu estômago pulava. *Excelente.* Eu iria vomitar por toda a Broadway.

Onde estava o táxi?

Forcei uma respirada para me acalmar enquanto a brisa fresca da noite batia nos meus cabelos. Olhando pelos lados das minhas caixas para evitar colidir com outro pedestre, fui devagar para a beira da calçada. As luzes da noite estavam ficando mais fracas e, apesar de a rua estar ativa, eu estava agradecida de que havia lugares mais populares do que o distrito financeiro de Lower Manhattan para as massas buscarem divertimento numa noite de sexta-feira.

Pneus pararam a poucos metros na calçada à minha frente e eu levantei meu pescoço o bastante para ver uma limusine comprida preta – não o táxi que estava esperando. Eu comecei a andar pela calçada para onde um táxi conseguiria me ver melhor, quando ouvi o som de portas de carro se abrindo.

Então, ouvi passos rápidos, levemente tocando o concreto, na minha direção.

Demasiadamente leves.

Algum instinto próprio nato de preservação fez meu pulso disparar. Eu tive uma compulsão louca de largar minhas caixas e fugir, mas eu estava usando meu salto prático de cinco centímetros com uma saia lápis nada prática. Era duvidoso que eu conseguisse correr mais do que um K.

Um segundo depois, já era tarde demais quando senti *seu* calor nas minhas costas – passando por todo o meu corpo, bloqueando qualquer traço da brisa da noite. Eu congelei quando o odor familiar de perfeição masculina não humana assaltou meus órgãos olfativos, trazendo com ele a noite mais gratificante em termos carnais da minha vida.

Oh, caralho.

Meu estômago se apertou. Meus mamilos intumesceram. O resto do meu corpo também parecia ter uma memória vívida daquela noite, julgando por sua resposta pavloviana imediata – e mortificada – a mera presença de Vair. Meus músculos internos estremeceram antecipadamente, umidade quente correndo para lubrificar meu sexo.

Eu lembrei ao meu sexo estúpido que esse era o mesmo alienígena que acabara de destruir minha carreira e minha vida. Ele era o inimigo que havia invadido meu planeta. *Um alien que também, possivelmente, estava prestes a me matar.*

Ou pior – me enviar às autoridades Krinars.

Mas quando dedos longos e quentes circularam meu bíceps, outro pulo de eletricidade sexual passou por mim. E quando sua outra mão fechou-se à esquerda da minha cintura, pareceu estranhamente tranquilizante, acalmando momentaneamente e me centralizando enquanto outro conjunto de mão que não consegui ver puxou as caixas de arquivos que eu estava segurando.

— Por aqui, querida — A voz profunda de Vair instruiu por cima da minha cabeça enquanto ele me movia com seu corpo em direção à limusine comprida.

À pessoa que havia confiscado minhas caixas de arquivos, Vair falou rapidamente numa língua estranha e com som gutural que não consegui identificar. Por sobre meus ombros, vi um K macho alto e bonito num terno preto assentindo enquanto levava minhas caixas sem esforço de volta na direção do prédio onde eu trabalhava.

Havia trabalhado. Espere...

— Essas são minhas coisas — Protestei um pouco tarde demais. — Onde ele está indo? Por que ele está levando minhas coisas?

— Entre no carro, Amy. — O comando seguiu-se de uma pequena pressão na parte superior da minha cabeça enquanto Vair me manobrava fisicamente para dentro da limusine antes que eu entendesse o bastante do que estava acontecendo para iniciar uma luta.

Ele seguiu bem de perto atrás, dobrando sua forma enorme graciosamente dentro da cabine de passageiros luxuosamente coberta em couro e sentando-se de frente para mim. O carro começou a mover-se enquanto eu ficava petrificada – congelada no lugar numa mistura de choque que disparou meu coração, medo e pensando no que iria acontecer.

No momento que Vair sentou-se e sua atenção estava toda em mim onde sentávamos cara a cara, eu ruborizei. E não apenas um simples rubor que poderia passar por nervoso ou tampouco ser atribuído simplesmente pelo esforço de estar carregando caixas pesadas. Era o tipo que faz parecer que minha pele havia sido queimada pelo sol e minha cabeça começou a ficar tonta. O tipo que gritava 'culpada' durante uma sessão no tribunal.

O tipo de rubor que anunciava o quão bem eu me

lembrava da sensação dele enterrando profundamente dentro de mim e o som dos seus gemidos masculinos e grunhidos enquanto se ocupava dentro de mim... da minha boca... por trás, meu estômago, meu...

Eu parei o contato visual – pelo medo de desmaiar – e deixei meus olhos focarem para os lados como se investigasse o meu redor. Mas praticamente não vi nada. Cada célula e fibra do meu ser estavam demasiadamente cientes do alienígena parecido com um deus sentado à minha frente.

Observando-me.

Deus, ele era tão mais bonito do que minhas sessões de masturbação o haviam creditado. Tão maior. Mais predador.

Bem mais perigoso.

Havia demasiado espaço na sua limusine para apenas nós dois. Mesmo assim, não era espaço o bastante para eu evitar olhar, o cheiro, a própria vibração da sua essência no ar à minha volta.

Ele poderia estar me levando a qualquer lugar. Planejando fazer qualquer quantidade de coisas terríveis comigo.

Organize seus pensamentos, Amy.

— Parece que você está com calor. — Sua voz profunda era leve e agradável, mas me espantou do mesmo jeito. — Quer que eu ajuste a temperatura?

Meus olhos voltaram-se para ele e vi que ele estava olhando para a sua palma – traçando algo ali com seu dedo indicador da outra mão e não olhando para mim. Ele estava usando calças normais, uma camiseta simples que acentuava sua pele bronzeada e sapatos mocassins parecendo tranquilo e chique – mais sofisticado do que eu parecera no início da manhã, na minha saia lápis e blusa de seda... *antes* de eu ser amarrotada e esculhambada no meu dia.

— O que você vai fazer comigo? — Minha voz me traiu, alta demais e um pouco tremida. Soando lamentável. *Droga.*

Ele mostrou-se espantado com minha pergunta – ou talvez pelo meu tom – quando voltou sua atenção para mim, mas, então, um sorriso vagaroso e sensual espalhou-se pela sua boca larga e lábios cheios. — O quê, na verdade? — Seu indicador esfregou sem pensar aqueles lábios belos e eu tive que lembrar a mim mesma de focar no seu tom de implicância – e em achar um jeito de viver com isso. — O que você faria se estivesse no meu lugar? — Ele suspirou e suas feições perderam o tom de humor, de repente. — Receio que vários membros do Conselho Krinar ficaram bem insatisfeitos com seu artigo.

Aí está. O que eu mais temia tornou-se realidade. Sou uma mulher morta.

E isso era besteira. Minha mãe *não* podia estar certa sobre isso.

— O quê? — Fingi estar chocada. — O que você quer dizer? — Eu estourei, uma onda de adrenalina me dando combustível. — Eu apenas estava apresentando informação real sobre seu clube... sobre os hábitos sexuais da sua raça. Quero dizer... você não pode estar falando sério? Você não está falando sério, está? — Eu passei para a ofensiva e me apeguei a ela. — Meu Deus, seu clube é agora o segredo mais guardado e mais procurado da cidade. Tenho as supermodelos mais sensuais ligando para mim, me implorando pelo seu endereço!

Não consegui mascarar o ciúme na minha voz nessa última parte, então, tratei de desconversar rapidamente. — E, de qualquer modo, eu tinha a impressão de que os poderosos membros do seu Conselho controlassem nossa mídia. Achei que eles simplesmente destruiriam o artigo – apagando-o totalmente de circulação online – se eles não gostassem do que eu havia escrito.

As feições de Vair continuaram impassivas. Sem demonstrar reação.

Caralho.

O medo e o pânico fizeram a minha boca falar demais. — Eles *deixaram* que se espalhasse — Enfatizei, como se apenas isso significasse o endosso deles. — Bem, sinto muito; eu não tinha ideia de que alguém iria ficar ofendido. — Demonstrei estar confusa e com raiva. — Se eles desaprovaram, por que simplesmente não retiraram? Não pode ser minha culpa se eles não retiraram. Quero dizer, eles poderiam simplesmente ter ligado para *The Herald* e pedido para re...

Parei ao som de palmas lentas de Vair e o olhar de divertimento zombador nos seus olhos sombrios.

— Obrigado pelas suas desculpas adoráveis e altamente sem sinceridade, Srta. Myers. Pena você não ter feito teatro enquanto estava fazendo sua graduação de jornalista na NYU.

Merda. Eu realmente estava em apuros.

Ele olhou nos meus olhos em silêncio e o ar à minha volta pareceu ficar mais frio a cada segundo que passava.

— Então... o que vai acontecer? — Levantei uma sobrancelha desaprovadora e desesperada e dei uma risada seca que saiu parecendo bem mais nervosa para sustentar meu blefe. — Você vai me levar para a prisão dos Ks? Ou a pena capital é o costume para os que fazem sexo com alienígenas e falam? — Oh meu Deus, cala a boca*!*

— Mmm... um pouco de tortura, dez anos no campo de trabalho Krinar e, então, decapitação em público. *É o costume.*

Isso não poderia estar acontecendo. As frágeis fontes da minha mãe não poderiam estar certas. Não tinha como. Ele estava brincando comigo. Eu tinha certeza disso.

Quase.

Soltei uma risada nervosa. Sua expressão ainda estoica.

— V-você não está falando sério...

Ele franziu e passou a mão no seu cabelo bagunçado. Agora, ele parecia furioso. — Eu os convenci de que seria uma má propaganda te torturar e matar.

— Oh? — Minha resposta monossilábica conseguiu

mostrar de alguma forma a indiferença – enquanto meu coração acelerava mais ainda.

Porra, será que ele estava brincando comigo, ou estava falando sério? Eu perdi a habilidade de julgar.

— O Conselho concordou que eu poderia... lidar com a situação no seu caso. Diretamente. — Seus olhos ficaram sombrios quando falou 'lidar', fazendo-me tremer involuntariamente.

— O-o que isso significa? — Que ele iria me torturar e matar pessoalmente? *Em algum lugar longe de olhos curiosos de humanos?* Era para lá que estávamos indo agora?

Meu rosto devia ter projetado minha linha de pensamento porque ele rolou seus olhos de um jeito surpreendentemente humano, então, resmungou algo naquela língua estrangeira gutural que usara antes. Provavelmente palavrões Krinars, julgando pela posição raivosa da sua mandíbula e do jeito que suas mãos grandes se fecharam num punho no assento em ambos os lados.

Mas quando ele falou comigo novamente, sua voz era calma. Paciente. — Não temos pena de morte em Krina. Nossos métodos de reformar aqueles que burlam nossas leis são muito diferentes do que vocês estão acostumados na sociedade humana. Nenhum Krinar irá te ferir. Muito menos eu.

Seus olhos em mim eram pensativos enquanto dizia aquilo. Direto. Eles não pareciam mesmo querer me ferir. Aqueles olhos vitrificados pareciam querer algo totalmente diferente. E eu fiquei tão aliviada que, de repente, desejei mergulhar neles – deixar anos de sanidade e julgar as coisas certas e acreditar em qualquer coisa que eles diziam.

Pisquei terminando a conexão ao lembrar daquele filme no YouTube dos sauditas sendo rasgados ao meio.

— Ks *mataram* humanos — Mencionei. *Porque fatos eram fatos* – não importava o vudu que seus olhos me faziam sentir. — Isso foi documentado. Graficamente. — Acrescentei com uma careta de desgosto.

— Sim, isso é verdade — Reconheceu ele. — Matamos humanos quando necessário. Na maioria das vezes em autodefesa, como último recurso.

Era minha vez de rolar os olhos. Mas preferi não debater mais o assunto, minha mente voltando ao primeiro motivo do meu pânico desta noite.

A filmagem.

Se eles não pretendiam machucar-me fisicamente e retaliar pelo meu artigo, então, havia outra razão para este encontro. E por aquela filmagem.

Quando concluí aquilo, meu pulso disparou. *Será que eles iriam me chantagear?*

Horror e excitação me atingiram juntamente. Se eu estivesse certa, que eles queriam me chantagear com aquilo, então, havia uma chance de que o vídeo ainda não tivesse sido liberado. E que eu faria qualquer coisa para impedir que fosse. Mesmo se isso significasse...

Excelente. Era inevitável.

— Você quer que eu me retrate do que falei no artigo — Falei, minha voz normal. Minha carreira como jornalista estaria terminada, mas, pelo menos, sairia com alguma dignidade se pudesse manter a fita fora de circulação.

Ele franziu. — Claro que não. Sua revelação foi brilhante. E — sua língua passou devagar pelo lábio inferior quando seu olhar moveu-se sobre mim — esclarecedora.

O calor que voltou na minha barriga foi tão fora de hora quanto indesejável.

Balancei a cabeça mentalmente para mim. — Você não quer que eu retire o que disse? — O medo subiu a minha espinha quando vi que eu não teria nenhuma forma de barganhar.

— Não. — Seus lábios se abriram num sorriso fraco enquanto seus olhos sombrios estavam presos em mim.

Então, seu olhar passou para os meus seios.

Minhas palmas estavam escorregadias com o suor onde seguravam o couro sob mim. Eu engoli. Respirei. — Por que a cena do vídeo então?

Ele reclinou-se para frente, sua expressão totalmente séria quando olhos condenatórios voltaram-se para mim. — Você não ligou, Amy.

Foi como se todo o ar tivesse sido sugado da limusine.

— Você nunca voltou ao meu clube.

Eu ficara encharcada nas minhas calcinhas pelo 'Amy' – apesar da confusão e um pouco de terror que seu tom abruptamente acusatório evocou.

— Eu não sabia que você queria que eu ligasse. — A verdade apareceu finalmente, mais rápida do que eu podia processar o que ele havia falado enquanto emoções conflitantes nasciam dentro de mim. — Quero dizer, eu não achei que aconteceria qualquer coisa.... com você... naquela noite no clube.

Que inferno eu estava falando?

O que ele estava falando?

Uma gota de suor desceu entre minhas escápulas, fazendo-me tremer na minha blusa de seda. A limusine estava congelando agora.

— Entendo. Você foi a vítima então? — Seu tom era sério, mas seus olhos pareciam divertidos. Presunçoso.

Senti minha raiva aumentando. Não havia resposta fácil para a sua pergunta. Continuei com meus joelhos fechados e minhas palmas suadas presas ao assento num esforço de esconder minha tremedeira.

— Eu nunca tive intenção que qualquer coisa acontecesse entre nós naquela noite — Reinterei, minhas palavras claras e firmes apesar da secura fechando minha garganta.

Ele suspirou. — Os humanos complicam as emoções mais básicas por experimentá-las por filtros sociais externos. — Seus olhos projetaram uma forma estranha de pena – e uma medida de desapontamento quieto que de alguma forma me incomodava.

Eu precisava de água. *Eu precisava sair da limusine de Vair.*

Eu precisava mais de respostas.

— Já está na internet? — Falei rapidamente, meu coração pulsando nos ouvidos.

— Está o quê, amor?

— Você sabe o quê!

— Responda minha pergunta e responderei a sua — Retrucou ele.

— Não sou uma vítima.

— Bom. — Ele assentiu e foi pegar uma garrafa de um líquido claro do compartimento do frigobar. — Eu não me dou muito bem com vítimas.

Ele tirou a tampa da garrafa e me deu.

— Não vou beber isso.

— Isso é água, Amy.

— E o que mais?

Ele riu e balançou a cabeça, murmurando: — O que você quiser que seja, querida. — Ele continuou a flertar daquela maneira preguiçosa, clara como uma reminiscência da maneira insidiosa que ele me tratara no nosso primeiro encontro no clube.

Seu olhar obsessivo trazia a promessa e muito mais que água. E tinha o mesmo efeito de encantamento de antes, puxando-me e fazendo-me desejar coisas que eu racionalmente não deveria, fazendo-me sentir confusa, vulnerável e exposta.

Ele moveu seu corpo para frente para a beirada do assento, esfregando meus joelhos nus com a água fria no processo e eu pulei para trás ante o reflexo.

Com uma risadinha, ele levou a garrafa à sua própria boca e eu me achei presa à visão dos seus lábios pressionados contra a abertura da garrafa, dos músculos do seu pescoço trabalhando enquanto ele engolia metade do conteúdo da garrafa.

Após ter bebido sua parte, ele ofereceu novamente

para mim com uma sobrancelha levantada e eu não hesitei em pegar da sua mão. Fiz aquilo porque eu estava seca, não porque estivesse respondendo seu desafio não verbalizado – ou porque eu tivesse algum tipo de impulso louco de colocar minha boca onde a dele havia estado.

Era bem provável que não estivesse envenenada. Um alien poderoso não precisava de água envenenada para conseguir o que quisesse de mim. Eu só precisava saber o que aquela coisa era, se não era a retrativa da minha pequena história no Clube-X que ele queria.

Colocando meus lábios em volta da boca da garrafa, tombei minha cabeça para trás e acabei com o restante do frasco numa tragada só, barulhenta. *Porque fodam-se os Ks com sua constante merda de superioridade e continuada intimidação da minha raça.*

Com minha sede aplacada e uma pitada de dignidade voltando, abaixei a garrafa junto com meu queixo, liberando um suspiro de satisfação no processo. Apenas para ver meu estômago cair ante o olhar nas feições de Vair.

Era o olhar de um gato selvagem pronto a atacar. O rosto de um homem faminto ante sua refeição favorita.

Limpei minha garganta. Segurava a garrafa vazia com ambas as mãos, bem na minha frente – suspensa sobre meu colo, como se ela me protegesse dele.

— A internet — Perguntei. — Respondi sua pergunta. Agora, responda a minha.

— Não.

Meu estômago se revirou à sua resposta brusca. — Não? Você não vai responder?

— Não, não está na internet — Explicou ele, seu rosto tornando-se uma máscara de pedra de repente. Irritado. — Ainda.

Engoli. — Entendo. Então — Rolei e apertei a garrafa calmamente entre meus dedos —, está a caminho para ser enviado para a mídia?

— Não.

Minha sensação imediata de alívio estava diminuindo quando juntei forças para ir além e perguntar: — Então, o que você quer de mim? Em troca por manter isso fora da internet?

Ele riu. Era um riso gutural e sinistro que provocou arrepios na minha pele. Ele abanou a mão e uma imagem de vídeo em três dimensões apareceu no ar entre nós. Um holograma perfeito nos detalhes parecendo vivo começou a passar, como de um projetor invisível.

Um holograma meu.

— Vamos discutir esse vídeo primeiro, tudo bem?

Era a filmagem minha no meu escritório de não mais do que meia hora antes. Múltiplos ângulos de câmeras haviam pego cada momento embaraçoso, desde o momento do meu choque reagindo à montagem de sexo quando apareceu pela primeira vez na tela do meu computador, ao jeito estabanado que fiz ao tentar fechar o vídeo sem sucesso – primeiro desconectando os monitores, depois, tirando o computador da tomada, puxando cada cabo, até que finalmente sucumbi ao pânico e destruí os dois monitores com a coisa mais perto de uma arma que consegui colocar as mãos: meu furador de três furos da marca Swingline.

Não foi meu melhor momento sob pressão.

CAPÍTULO ONZE

Eu não tinha certeza do que era mais constrangedor: ver a mim mesma surtar e destruir a propriedade do jornal num ataque de pânico, ou saber que Vair, e talvez os outros Ks – haviam invadido minha privacidade e me espionado.

Definitivamente o último, decidi – apesar de o primeiro estar sendo mais penoso no momento.

Fiquei sem fala enquanto assistia o holograma de mim mesma me acalmando o bastante para ver o que havia feito e permitir um novo surto de horror se materializar.

— Imagine como fiquei magoado — A voz calma de Vair interrompeu enquanto o 'meu' holograma continuou, empacotando meus pertences pessoais tão rápido quanto podia —, ver isso – sua reação violenta ante minha compilação favorita dos nossos momentos íntimos juntos?

Ele estava implicando comigo novamente.

Ou ele era um psicopata.

Era culpa minha ter minha primeira noite com um vampiro alienígena tipo *Atração Fatal*.

Eu deveria ter notado a dica que ele me deu na pista de dança ao falar que havia vindo para a Terra por estar entediado. Ele tinha dito que precisava de muito divertimento e que havia ficado sem meios de se divertir em Krina. *Então, ele deixou seu planeta natal para abrir um clube de sexo em Nova York com objetivo de foder e sugar humanos dispostos a tal?*

E eu vi a falta de direção na vida, do meu ex-namorado, como um sinal claro das coisas que viriam.

— Você jogou no lixo a cesta de frutas que te enviei. — Sua voz num tom de censura.

Vair *tinha* que estar brincando comigo. Tentei não prestar atenção nele e focar no meu holograma jogando documentos e lembranças que estavam na minha mesa dentro de caixas de arquivos vazias. Meu holograma estava sem fôlego.

Eu estava sem fôlego. Fechei meus olhos quando minha cabeça começou a girar.

— Amy?

Balancei a cabeça, não querendo abrir meus olhos. Eu não queria vê-lo.

Mas, então, eu o ouvi. *Grunhindo.*

Seguido de um som de uma mulher gemendo.

E eu sabia sem olhar que aquilo era outro holograma meu que estava sendo passado agora. De nós. Da nossa noite no clube.

— *Oh, por favor, Vair. Aí mesmo... simmmm...*

O som de carne escorregadia se batendo tomou a limusine em volume alto, junto com o som das minhas súplicas por mais.

Oh, Deus.

A garrafa escorregou dos meus dedos.

— Amy? — Agora, os pedidos calmos de Vair eram abafados pelo holograma que eu não estava vendo enquanto eu chegava ao orgasmo.

Eu não conseguia respirar. Apertei meus dedos contra minhas têmporas.

— Você está tão molhada — Sua voz hipnótica por toda a limusine.

Meus músculos internos se contraíram, apertando-se no vazio.

— Tão pronta para mim.

Caralho. *Eu estava molhada.*

Eu conseguia sentir seus olhos em mim, sentir sua essência me chamando – sua fome sexual de forma visceral pulsando e presa no meu âmago enquanto sua necessidade tornava-se minha necessidade, multiplicando-a dez vezes.

— Tenho pensado em você. — Sua voz era baixa e rouca. — Você pensou em mim?

Eu pensei nele a cada momento de cada dia pelo último mês.

— Tire a roupa.

Balancei a cabeça às suas ordens, mesmo enquanto tocava os botões da minha blusa e a abria com mãos trêmulas.

— Assim... humana pequenina, tão bela e deliciosa

— Ronronou ele em mim com o som de fundo do meu holograma gemendo e barulhos baixos de chupadas.

Os grunhidos de Vair na gravação estavam mais altos agora e meu sexo pulsava em resposta, dolorido com uma necessidade intensificada ante seus comandos para que eu o chupasse com mais força. *Mais profundamente.*

Minha boca se encheu de água. Meus dedos desesperados nos botões teimosos.

Isso era insanidade.

— Amy — Vair chamou-me calmamente de novo.

Finalmente abri os olhos.

A iluminação havia mudado. As janelas de vidro fumê da limusine haviam se tornado negras, e um brilho fraco e vermelho similar à iluminação do seu Clube-X clareava o alien predador à minha frente.

Nu.

Acariciando a maior ereção que já vi.

E, entre nós, a gravação projetada em 3D de nossos corpos nus num 69 como animais famintos.

— Vem cá. — Uma mão segurava a base do seu pau enquanto o dedo da outra mão gesticulava para mim.

— Mostre-me que você não é uma vítima.

O sentimento estranho de irrealidade que eu havia experimentado no clube veio sobre mim novamente e eu me achei de joelhos entre suas coxas musculosas no momento seguinte, esticando meus lábios em volta da ponta grossa e molhada e chupando-o até o final da minha boca - *porque atacar seu pau com minha língua era, aparentemente, o jeito que meu cérebro e corpo instintivamente escolheram para demonstrar que eu não era vítima.*

— Ahh, boa menina — Sussurrou ele, levantando seu quadril para minha boca enquanto pressionava a parte de trás da minha cabeça, preenchendo-me rapidamente até a minha garganta, mas não entrando nem metade do seu comprimento grosso.

Ele empurrou mais fundo. Eu engasguei. Ele recuou, depois empurrou novamente até o mesmo ponto. — Assim mesmo, querida...

Meus olhos lacrimejaram conforme ele entrava num ritmo constante e insistente, balançando seu quadril enquanto restringia a posição e movimento da minha cabeça com sua mão, fodendo minha boca sem cerimônia ou fingimento. Entrando em mim até onde eu não engasgava, enquanto a outra mão apertava e acariciava a parte que ficava de fora.

— Sim... assim mesmo — Sua voz instou conforme barulhos rudes saíam de minha boca – os sons se tornando além da minha habilidade de controle enquanto ele bombeava mais forte, usando minha boca com uma urgência primal de quem *estava* estranhamente no controle.

Suas inspiradas fortes e rápidas e grunhidos guturais de satisfação haviam me excitado ao ponto de quase orgasmo enquanto eu era levada no paradoxo de sentir-me totalmente no controle por atender sua necessidade mais crítica e básica, enquanto, ao mesmo tempo, era dominada pela situação.

— Amy... *Amy...* — Ele gemeu meu nome como

num ritual sacro enquanto suas estocadas se tornavam erráticas.

Eu tinha certeza de que ele estava quase gozando.

Eu mesma estava à beira de desfalecer; mesmo sem quase estímulo físico, o tesão era muito forte.

As pontas ásperas dos seus dedos se abriram e forçaram meu couro cabeludo para frente e para trás, enviando tremores deliciosos em mim antes que ele agarrasse as raízes dos meus cabelos numa pegada igual a dos homens das cavernas e quase dolorosa.

Sabendo que ele estava quase gozando na minha boca, eu cedi à tentação, colocando minha mão entre minhas coxas e subindo na minha saia lápis – desesperada atrás da minha própria satisfação.

Na hora que pressionei as pontas dos meus dedos na minha calcinha de algodão encharcada, gozei sem querer.

Eu estava na esperança de gozar discretamente enquanto ele estava distraído gozando – propositadamente, sem que ele nem percebesse. Mas tão logo comecei a detonar, ele me puxou pelos cabelos, retirando-se da minha boca e levantando minha cabeça.

Meus olhos se arregalaram enquanto meu corpo se contorcia e convulsionava, os sons carnais saindo de mim e rivalizando-se com aqueles do holograma tocando ao fundo.

Pega de surpresa, com meus dedos na minha saia e esfregando freneticamente, meu rosto ruborizado e molhado com lágrimas residuais do engasgo com o pau dele, eu estava indefesa e sem conseguir impedir a grande força do meu próprio orgasmo enquanto ele absorvia cada detalhe brutalmente cru.

Eu não conseguiria retirar meus dedos da minha abertura se quisesse.

Eu não queria.

O pequeno sorriso malicioso nos seus lábios era a única coisa mais sinistra do que seus olhos enquanto me assistia desnudar minha alma, suas mandíbulas apertadas e seu punho firme numa pegada em volta da sua ereção massiva, impedindo sua própria explosão.

CAPÍTULO DOZE

— Posso? — Ele passou seu polegar no meu lábio inferior, limpando a parte molhada do meu queixo enquanto massageava a parte do meu couro cabeludo onde ele havia puxado meu cabelo.

Eu não tinha certeza de quanto tempo ficamos olhando um para o outro em silêncio dentro da sua limusine escurecida. Ele havia apertado a base do seu pau até que o olhar de dor nos seus olhos finalmente passou e ele foi capaz de liberar – ainda com a ereção total e sobrecarregada – enquanto eu ainda tinha que controlar minha respiração e emoções.

O vídeo do holograma já não tocava. E a limusine tinha parado de se mover há vários minutos. Mas não consegui perguntar onde estávamos.

Continuei muda em choque, ainda ajoelhada no piso acarpetado da limusine entre suas pernas, quando ele passou a retirar minha mão de entre minhas coxas. Ele levou meus dedos à sua boca e lambeu até limpá-los com um barulho de satisfação. Ele, então, recolocou minha saia e abotoou minha blusa, estudando minhas feições de perto enquanto fazia aquilo – como se eu fosse um quebra-cabeça que ele estava tentando decifrar.

— Você está bem?

Eu não respondi, muito espantada pelos meus gestos solícitos. Usando seus polegares, ele retirou o molhado das minhas bochechas logo abaixo dos meus óculos onde meus olhos haviam lacrimejado.

Que inferno acabara de acontecer?

Ele nem mesmo havia gozado. Ele ainda estava com sua ferramenta grande causando um desconforto. Como um *enorme* desconforto.

Mesmo assim, ele estava calmo e no controle, as pontas dos seus dedos afastaram um fios de cabelo que tinham caído na minha testa. A última vez que tínhamos estado juntos, ele havia estado insaciável, incapaz de parar de me possuir mais e mais... e mais.

Ele não estava mais dentro de mim?

Seu dedo indicador traçou uma linha no meio das minhas sobrancelhas, trazendo-me a atenção que eu estava franzindo.

— Está tudo bem, você sabe — Disse ele calmamente. — Suas reações são perfeitamente saudáveis e normais. — Seu sorriso era bondoso – genuíno e surpreendentemente aberto – enquanto ele esfregava as juntas dos dedos até minha mandíbula. — Gosto quando você é honesta consigo mesma. Gosto da luz que vem dos seus olhos quando você vê algo que quer. — Ele se chegou mais perto e deu um beijinho na minha bochecha. Sua respiração aqueceu meu ouvido enquanto murmurava: — Mas o que eu mais adoro de tudo é ver você tomando o que quer.

O quê?

— Na próxima vez — Sua voz caiu uma oitava —, espero que você faça a intimidade que realmente deseja... que você suba no meu colo e tire o que quer de mim.

Querer o que dele?

Intimidade?

Ele me entendeu errado. Eu não queria *nada* dele, muito menos intimidade.

Virei meu rosto para o lado, balançando minha cabeça um pouco enquanto organizava a merda toda cinco minutos depois. — Isso não é ... Isso não era...

— Espere, não me diga... — Seus lábios se reviraram enquanto ele levantava o dedo indicador silenciando. — Você nunca pretendeu que nada disso acontecesse agora, pretendeu? — O Vair implicante estava de volta. — Você só estava curiosa? Você só queria *observar* desta primeira vez, certo? — Ele jogou minhas próprias palavras na minha cara – as desculpas que eu havia dado no clube.

Eu revirei meus olhos, murmurando 'filho da puta' baixinho.

Sua mão saiu e segurou novamente meus cabelos com velocidade espantosa, forçando meus olhos de volta para os dele.

Ele chegou mais perto. Não mais rindo, ele parecia

o predador sombrio que era. Ele aproximou sua cabeça de mim.

Eu engoli. *Respirei rápido.*

Seus cílios longos e negros se abaixaram enquanto aqueles olhos castanhos profundos pararam na minha garganta. Seu olhar cravado no pulsar rápido que deveria ser visível no meu pescoço, dado o fato de eu até senti-lo retumbar.

Ele lambeu seus lábios. E ficou olhando.

E ficou olhando.

Minha respiração ficou rápida e rasa, ofegadas rasas apesar do meu esforço para ficar calma. Porque quanto mais eu tentava me acalmar, mais eu sentia meu coração acelerando.

Suas narinas se abriram. Seu rosto chegando mais perto, então, afundou no meu pescoço até que a ponta do seu nariz raspou minha jugular.

Ele vai me morder agora.

Arrepios passaram na minha barriga. Eu me preparei para o impacto. Mas ele simplesmente inalou profundamente e exalou. — Deliciosa.

Ele soltou meu cabelo e abruptamente se afastou, enquanto eu continuava lutando para manter minha respiração sob controle.

— Eu gostaria que você viesse ao meu clube amanhã à noite. Meu motorista a pegará às onze.

Ele colocou a primeira parte como uma solicitação, a segunda, como uma ordem. Estava ele dando-me uma escolha, ou não?

— E se eu não quiser ir ao seu clube?

Ele curvou-se contra os confortáveis assentos de couro, colocou seus dedos atrás da sua cabeça, e deu de ombros – totalmente despreocupado com o fato de que sua ereção gigante estava apontando orgulhosamente na direção da minha visão. — E se eu me sentir solitário e, na minha nostalgia, me sentir induzido a colocar vídeos caseiros de nós na Times Square?

Estúpida. — O que você quer de mim?

— Acabei de te falar, meu amor. Eu quero que você volte ao meu clube.

— Com que propósito?

Outro dar de ombros. — Preciso de você lá.

Minha garganta de repente ficou apertada. Eu estava exausta e emocionalmente em frangalhos por tudo que Vair fez-me mentalmente.

— Por quê?

Ele deu um sorriso superior. — Várias razões.

Ele estava planejando me humilhar publicamente. Era a conclusão óbvia. Eu mordi a parte interna da minha bochecha para que não ficasse histérica. Estoicamente, eu perguntei: — Existe outra opção?

Seus dentes perfeitos e brancos praticamente reluziram na escuridão quando ele balançou a cabeça e deu umas risadinhas. — Não. Mas ouvirei sua sugestão se você tiver alguma.

— Me retratarei de tudo que disse no meu artigo — Ofereci imediatamente.

— Não.

— E se eu fizer umas alterações para colocar os Ks numa posição favorável?

— Não.

— Certo, emitirei desculpas publicamente a todos os Ks e xenófilos! — Eu quase gritei para ele.

Eu não poderia voltar ao seu clube. Eu não poderia ficar nem mais um pouco com esse homem – *alien*.

— Não.

— Por quê?

— Nenhuma dessas coisas me interessam.

— Então, o que é de interesse?

A porta eletrônica da limusine se abriu, revelando a entrada do meu apartamento. A visão era um alívio abençoado. E, ao mesmo tempo, de algum modo me chateava ser este o lugar que ele me trouxe.

Tínhamos terminado?

— Você é uma garota inteligente e curiosa, Amy. Estou certo de que vai saber a resposta.

É assim? Ele limparia minha saliva, me daria um chute para a calçada enquanto sentava-se calmamente e ia embora com sua ereção gigantesca?

Que seja. Eu me esforcei para chegar à porta e subi com a máxima dignidade possível, rezando para que nenhum dos meus vizinhos conseguisse me ver – *ou o pau gigantesco do alienígena me mandando embora.*

Por sorte, ninguém parecia estar por perto. Eu virei a cabeça para trás para dar um adeus discreto, mas a porta da limusine já estava se fechando na minha cara.

Aparentemente os Krinars não eram bons em dar tchau.

Eu me virei e dei um passo em direção ao prédio apenas para notar que o belo K que havia levado minhas caixas de arquivos estava bloqueando meu caminho. Ele me dava minha pequena bolsa e as chaves.

Oh. Certo. Elas haviam sido jogadas dentro de uma das caixas que ele confiscara.

— Hum. Obrigada. — Peguei-as.

Ele sorriu. Suas feições eram perfeitas, mas de uma forma que não era natural, era uma visão de simetria. — De nada. Seus monitores foram restaurados e os itens do seu escritório recolocados nos lugares de antes — Informou-me ele.

Então, ele se foi, deixando-me em pé na calçada, mais confusa do que nunca.

CAPÍTULO TREZE

— Intimidade! Você pode acreditar? Ele disse que eu desejava intimidade. Intimidade com *ele*, que absurdo. Como se... certo?

Os olhos de Jay estavam do tamanho de um prato. — Poderíamos voltar ao ponto onde Vair disse que vários membros poderosos do Conselho estavam insatisfeitos com seu artigo? Ele deu um número para esses vários? Ou ele apenas disse vários?

— Só vários. — Eu franzi ante o copo de vinho vazio na minha mão do meu assento no sofá enquanto Jay nervosamente reenchia o seu próprio, no balcão da cozinha. — Você ouviu o que eu disse sobre a parte da intimidade?

Jay assentiu sem notar e tomou um gole do seu vinho tinto.

Após Vair ter me deixado, fiquei no meu próprio quarto tempo o bastante para arrumar uma bolsa e pensar bem nos muitos lugares onde os Ks poderiam ter escondido câmeras. Então, fui bem rápido para o micro-sótão de Jay. A unidade que seus pais haviam comprado para ele num prédio elegante com porteiro vinte e quatro horas por dia. E visto eu certamente saber que ninguém estava seguro de um K, os lugares de pessoas ricas eram *tidos* como de alguma forma mais seguros.

— Eu tenho um amigo da faculdade que entrou para a CIA... Eu acho — Disse Jay pensativo, andando no pequeno espaço da sua sala de estar com um copo de vinho cheio na sua mão trêmula. — Será que ele poderia nos ajudar?

— Hum — balancei meu copo vazio — se importa?

— Você não pode voltar ao seu clube amanhã à noite.

— Duh!

— Ele pode estar planejando qualquer coisa.

— Concordo.

— Você estaria indo para uma armadilha.

— Porra nenhuma.

— Ele poderia fazer qualquer coisa contigo naquele clube e ninguém o impediria.

— Jay, minha energia já está se esvaindo. Essa conversa não está ajudando. — Inclinei meu copo sinalizando mais uma vez.

— Temos que tirá-la da cidade esta noite, garotinha. — Ele pegou a garrafa de vinho do balcão da cozinha e veio na minha direção. — Amanhã à noite, o mais tardar.

— Não é simples assim — Eu disse enquanto ele

reenchia minha taça de cristal. — Eu não posso arriscar aquele vídeo ser liberado.

— Mas isso não faz sentido. — Jay balançou a cabeça. — Por que ele não aceitaria que você se retratasse do que disse e emitisse uma desculpa pública? Como o fato de você ir ao clube dele aplacaria a ira dos membros do Conselho mais do que uma retratação?

Dei de ombros enquanto tomava outro gole.

— Não aplaca — Concluiu Jay, suas sobrancelhas se contraíram enquanto ele se sentava à mesa do café à minha frente. — Sabe o que eu acho? Acho que ele sabia que éramos repórteres na hora em que chegamos ao clube.

— Também achei isso. Ele pessoalmente nos deixou entrar e nos guiou para dentro. Quantos donos de clube fazem isso?

— Exatamente. E, então, ele deu em cima de você o tempo todo. Quero dizer, o cara nunca te deixou um só minuto. Se eu não tivesse estado tão distraído com Shira – porra, você acha que ele usou Shira para me distrair?

Eu nunca pensei naquilo, mas Jay estava certo. Ele e eu tínhamos estado mais ou menos separados imediatamente após termos entrado no clube de Vair. A alien Barbie havia prendido a atenção de Jay e o retirado do meu lado momentos após Vair tê-la nos apresentado.

Um pensamento estranho e desconcertante parecia passar pelas feições de Jay enquanto ele me olhava de cima a baixo. Algo que não se encaixava nas suas feições de menino belo e feliz.

— O quê? — Eu olhei para verificar se não tinha derramado vinho em mim ou no seu sofá cor creme. — Por que você está me olhando desse jeito?

Ele mordeu seu lábio, sua franzida se aprofundando.

— Você está me colocando medo, Jay.

— Estou me lembrando de uma conversa entre Shira e Kyrel — Respondeu ele, devagar, como se ainda estivesse processando suas memórias. — Você sabe, o K macho, ela e eu ficamos?

Eu sorri quando uma risadinha subiu ao meu peito, elevando um pouco a tensão no ar. — Oh, me lembro. Você já me falou parte das suas memórias com ele e também com Shira.

Jay não riu. Nem mesmo um pouco enquanto me olhava de cima a baixo, como se estivéssemos vendo um problema. — Porra. Você *é* bem gostosa, certo? — Ele disse isso como se fosse uma má constatação.

— Hum… sim? Estou de bem com meu visual, com certeza. Obrigada. Então? O que Shira e Kyrel falaram?

— Quando eu estava dançando entre Kyrel e Shira e constatei pela primeira vez que você havia deixado a pista de dança com Vair e eu não conseguia te ver, eu entrei em pânico. Tentei sair, dizendo que tinha que te achar. Shira me impediu, falando que eu não me preocupasse, que Vair cuidaria muito bem de você. Então, Kyrel riu e disse: "Sim, por toda a eternidade", a expressão do alienígena equivalente à piada ou algo parecido com 'vou te amar por um longo tempo', de Kubrick.

Expirei quando meu estômago se acalmou aliviado. — É por *isso* que você está me colocando medo?

— Não, foi o que veio depois disso. Shira riu junto e, então, disse algo sobre os Ks serem excepcionalmente possessivos. Ela brincou dizendo que eu tinha sorte de não estar segurando sua mão no corredor fora do clube, ou eu poderia estar morto ou, no mínimo, sem a mão.

— O quê? — Minha sensação de alívio durou pouco. — Ela disse isso mesmo? E você achou que isso era uma piada – vindo de uma alien fêmea que *poderia* literalmente amputar sua mão? — Meus olhos se voltaram para o teto não acreditando. — E, mesmo assim, você ficou com ela.

— Olha, me dá um tempo. Tenho certeza de que ela já estava com a mão no meu pau a essa altura. De qualquer forma, quem sou eu para julgar o senso de humor estranho dos extraterrestres? Além do mais, porra, ela era uma deusa. A mulher mais tesuda que chegou perto de mim.

— Krinar — Eu o corrigi —, a Krinar mais gostosa.

— Que seja. Ela era toda mulher, acredite em mim. E estava me avisando das tendências possessivas de Vair, não as dela. Porque Kyrel mandou eu tomar cuidado logo depois para que eu nunca colocasse a mão em você se eu quisesse continuar vivo. Ele disse — as sobrancelhas de Jay se levantaram significativamente, como se essa fosse a parte mais importante — que teve que acalmar Vair mostrando que nossa linguagem corporal quase que obviamente mostrava que não estávamos juntos quando Vair nos viu pela primeira vez no corredor.

Vair havia me perguntado diretamente sobre minha relação com Jay naquela noite. Na verdade, eu o *havia* sentido estranhamente possessivo naquela hora – dado ao fato de que tínhamos acabado de nos conhecer. Mas, claramente, ele apenas queria ficar comigo e não queria nenhum obstáculo no seu caminho.

— Então... os Krinars machos são competitivos e suscetíveis ao orgulho e ego masculinos, o mesmo que os humanos homens? Entendi. Usarei isso como tópico do meu próximo artigo sobre os Ks.

Jay deu uma bufada. — Você não entende? Vair nos viu antes de nos deixar entrar. Assim como Kyrel, aparentemente. Então, eles deviam estar nos observando pelas câmeras enquanto estávamos esperando todo aquele tempo no corredor.

Lembrei-me de como eu e Jay tínhamos ficado esperando lá, olhando nervosamente a grande porta metálica cinza, parecendo uma eternidade. Eu tive que juntar coragem para bater várias vezes antes que Vair finalmente respondesse e abrisse a porta para nós.

Mas eu não entendi o que Jay achava tão revelador naquilo tudo. Não era tão estranho o fato de observar visitantes por câmeras escondidas num clube exclusivo de Manhattan, quanto mais num clube de sexo dos Ks.

Ele gemeu ante minha expressão de não muita preocupação, colocando a garrafa de vinho na mesa perto dele com um barulho pesado. — Amy, e se Vair te marcou como sendo dele mesmo antes de entrarmos no seu Clube-X? E se esse assunto da chantagem tenha mais a ver com ele querer você do que com o fato do Conselho Krinar estar chateado sobre seu artigo ou com eles quererem um tipo de punição por isso?

Minha barriga pulou com um tipo de excitação de garota de Ensino Médio que era desconcertante e também embaraçoso, dada à teoria absurda de Jay, sem mencionar em quão sórdido aquilo parecia.

Não era como se Vair realmente me desejasse.

Não, o que eu estava sentindo era apenas um alívio natural que qualquer um sentiria em saber que alguém te deseja versus a ainda mais estranha e possivelmente provável noção de alguém planejando te levar para um campo de trabalho na Costa Rica. Porque do ponto de vista puramente lógico isso fazia a ideia aterradora de ter que ir ao clube de Vair amanhã à noite parecer um pouco mais segura – apesar de me fazer mais nervosa ao mesmo tempo.

Eu balancei a cabeça. — Eu realmente não acho que esse seja o caso, Jay.

— Por que não? Inferno, ele está fisgado pelas intimidades que teve contigo.

Fiquei de boca aberta e o segurei pelos ombros, chegando-me perigosamente perto para derramar vinho em nós dois. — Retire o que disse!

— *Eeee* — Jay riu do meu ataque, levantando um dedo triunfante —, ele não gozou na sua boca essa noite. Garotinha, aquele alienígena está totalmente doente por você.

— Oh, meu Deus, cala a boca! — Eu sabia que me arrependeria de falar com Jay tantos detalhes sobre meu encontro com Vair na limusine. Mas eu estava num estado vulnerável e precisava falar com alguém. — Essa é a lógica mais absurda que já ouvi.

Para redirecionar a conversa para longe de boquetes abortados e assuntos da minha intimidade, eu perguntei: — Por que você não me falou antes sobre o que Shira e Kyrel tinham falado?

— Não sei. Acho que eu só não pensei nisso depois de tudo que aconteceu naquela noite. Já era bastante para se falar. Como ser mordido por um K. — Ele levantou as sobrancelhas. — Aquela porra foi a melhor droga que já experimentei. E também, não deu nada depois. Ambos chegamos em casa em segurança depois do clube e além da cesta de frutas depois que seu artigo foi publicado, você não tinha ouvido falar em Vair até hoje.

Eu assenti. Já era demais para se pensar. Senti meu corpo a toda, a adrenalina que fluiu pelo meu corpo a noite toda já se dissipando. Mas, mesmo assim, minha mente ainda estava ligada. Sem dúvida que eu senti um tipo especial de exaustão combinado com insônia esta noite.

— Olha, é só uma teoria. Não entre em pânico, certo? Vamos pensar em algo.

Eu fechei os olhos, retirei meus óculos e apertei a ponte do meu nariz. — Você tem um Advil? Tylenol?

— Vou te trazer um melhor. Espera aí. — Ouvi Jay levantar-se e ir na direção do banheiro.

Eu ri para mim mesma, apostando que ele voltaria com uma mistura farmacêutica de óleo de maconha.

Cega, eu coloquei meus óculos na mesinha à minha frente. Aquelas coisas vinham me preocupando há semanas. Parecia que eu precisava de uma nova receita. Minha visão aparentava piorar sempre que eu os colocava ultimamente e aquilo estava me dando dor de cabeça.

E se Vair realmente me quisesse?

Mas por que ele iria me querer? Para quê? Ele tinha as supermodelos de Nova York e atrizes clamando pela sua atenção.

Além do mais, não era como se nossas espécies fossem compatíveis. Pelo menos, eu não achava que fôssemos. Não mesmo. Eu retirei da memória de quão 'compatíveis' nos sentíamos sexualmente. Aquilo era irrelevante. Uma encenação.

Ele tinha me mordido. Foi aquilo que causara a sensação afrodisíaca que eu sentira com ele.

— Você está ruborizada. — A voz de Jay me tirou dos pensamentos quando ele entrou na sala. — Vou pegar um pouco de água.

Ele voltou com um copo e me ofereceu uma pílula de Xanax.

— Jay, eu não posso tomar isso.

— É a melhor coisa para dor de cabeça.

— Sim, porque você está fora de si.

— Isso vai te ajudar com a ansiedade. Amy, temos

menos de vinte e quatro horas para conseguir um plano. Você não pode voltar para o clube de Vair amanhã à noite.

— Mas eu tomei vinho.

— Eu também e vou tomar um. É a dose mais fraca. Meu médico falou que pode com um pouco de álcool.

Eu quase perguntei se era o mesmo médico que o havia receitado maconha, mas, em vez disso, eu cedi e engoli a pequena pílula branca antes de ter um troço. Mesmo assim, eu tinha dúvida se iria conseguir dormir um pouco naquela noite e eu precisava de toda minha astúcia mental que conseguisse amanhã para dar um jeito de não ir ao clube de Vair.

— Use minha cama — Ofereceu Jay. — Eu vou para o sofá.

— De jeito nenhum. Eu vou dormir no sofá. — Só Deus sabia o que havia acontecido na cama de Jay naquela semana e se a faxineira havia lavado os lençóis desde então.

Eu já estava me sentindo tonta e trocando os pés quando fui escovar os dentes e me lavar no banheiro de Jay.

Eu acabara de conseguir colocar meu pijama e subir no sofá que Jay havia arrumado para mim quando sucumbi ao estado de felicidade e um tipo de sono estranho que apenas os fármacos proporcionam.

CAPÍTULO CATORZE

Eu acordei com uma luz direto nos meus olhos quando alguém abriu minhas pálpebras. Eu resmunguei minha insatisfação.

— Relaxe — A voz de Vair, calma no meu ouvido. — Vamos dar uma olhada, querida. — Eu senti seus braços em volta de mim. Eles eram tão bons, tão confortáveis enquanto seguravam meu peso no seu colo.

Eu estava sonhando. E não queria interromper o que já sentia que seria um sonho prazeroso sobre Vair.

Mesmo no meu estado de sonho, eu me sentia drogada – estranhamente exausta – tornando mais fácil fazer o que ele pediu e relaxar no seu abraço, apesar da luz que cegava meus olhos. Eu me deleitei no aroma masculino dele, na sensação dos seus lábios apertando minha têmpora e seus dedos quentes gentilmente acariciando minha cabeça.

Minhas pálpebras foram soltas e a luz desapareceu. Notei que alguém, além de Vair, havia estado segurando-as. Ele estava falando naquela língua estrangeira novamente. E não era comigo, deduzi quando uma voz feminina respondeu do mesmo jeito.

Dedos suaves e femininos apalparam as glândulas de cada lado do meu pescoço e uma sensação irracional de ciúme passou por mim quando Vair riu baixo do que quer que a mulher falasse em sua língua.

— Não — Murmurei. — Não é engraçado. — Eu não estava certa por quê. E minhas palavras saíram estranhas, atrapalhadas.

Os dois riram.

— Concordo — Disse Vair. — Não é nem um pouco engraçado como você me deixa preocupado. Não importa como não liga para o seu fígado.

Ele estava me criticando. Mas qualquer senso de indignação que eu poderia sentir foi esquecido enquanto ele me abraçava forte contra a massa sólida e quente do seu peito.

Porque naquele momento ele estava seguro. Normal. Mais do que normal. *Quase humano.*

E no meu sonho, eu acreditava nele. Eu acreditava que Vair realmente estava preocupado com o meu bem-estar. E eu me sentia... bem. Tão bem que não rejeitei quando um copo foi colocado nos meus lábios e Vair me disse para beber.

Eu engoli todo o líquido doce e com gosto estranho enquanto ele acariciava meus cabelos e fazia promessas de que eu estava segura com ele, que ele jamais faria qualquer coisa que me ferisse.

Após um tempo, senti que estávamos sós. Mas eu

não abri meus olhos. Estava com muito medo que o sonho terminasse e eu acordasse.

Meu cérebro ficou mais lúcido depois que bebi a bebida que ele me havia dado, minha língua mais segura quando resmunguei em resposta que eu nunca o feriria também e assegurei que ele estava seguro comigo... *se* ele me desse todas as cópias daquela filmagem que ele estava me subornando.

Minha declaração foi respondida com uma gargalhada mal reprimida. Eu senti seu corpo estremecer sob o meu.

— Esperta, pequena controladora deliciosa — Ele deu uma meia risadinha e uma meia rosnada no meu pescoço.

Meu equilíbrio mudou e me senti no chão de costas, presa sob ele. Seu peso colocado entre minhas pernas.

Meus mamilos intumesceram instantaneamente.

Eu gemi quando seus lábios esfregaram os meus, sua língua saindo para me excitar enquanto sua ereção fazia o mesmo, esfregando a abertura macia e pulsante entre minhas coxas.

No meu sonho, eu não tinha a força do músculo do braço e a coordenação para puxar sua cabeça para mim. Mas eu queria que ele me beijasse. *Realmente* me beijasse.

Eu desejava muito.

A quem eu estava enganando? Eu queria que ele me fodesse. *Me consumisse.*

Eu falei para ele.

Ele gemeu e disse — Feche a porra da boca. —

Aquilo pareceu tão fora da característica de um alienígena calmo e recolhido que eu dei uma risadinha. E, então, ele fechou minha boca com sua boca forte e insistente.

A sensação da sua língua empurrando entre meus lábios me torturava, especialmente com os grunhidos masculinos da excitação que reverberavam até minha garganta enquanto ele colocava seu pau grande onde eu mais queria.

Tortura do melhor tipo.

— Eu *deveria* te foder — Falou ele entre os beijos. Ele parecia com raiva.

Eu gostava daquilo.

Meus músculos internos se apertaram em antecipação. A parte de baixo do meu pijama já estava ensopada.

— Até que você não possa... — Ele empurrou sua pélvis contra mim — andar.

— Quem está te impedindo? — Eu ofeguei.

Ele gemeu e girou sua pélvis forte em mim mais uma vez.

Então duas. E na terceira vez...

Oh, Deus...

Eu estava quase tendo um orgasmo quando ele parou, saiu da minha boca e abruptamente tirou seu peso delicioso de mim.

Minhas mãos que haviam estado muito fracas para levantar um momento atrás seguraram sua camiseta num esforço de impedir sua saída. Eu fiz um som magoado que nem parecia humano quando sua respiração ofegante assoprou minha testa.

— Não quero que você vá. — Minha voz trêmula. Eu soei implorando tanto. Perdida. Tão... *necessitada.*

Tão horrível!

Eu abri meus olhos para terminar esse sonho transformado de repente num pesadelo e vi o olhar faminto de Vair me estudando na escuridão que nos cercava – uma expressão dolorosa e vulnerável nas suas feições que, de alguma forma, espelhavam as minhas próprias emoções torturadas.

Eu não consegui decidir se derivava conforto daquilo ou me sentia pior por aquilo.

Suas íris tão negras que eram quase da mesma tonalidade das pupilas, fazendo-o parecer mais amedrontador. *E, mesmo assim, sensuais.*

Horripilantemente do outro mundo.

E ainda sensuais.

Mas, acima de tudo, ele parecia real. Muito real. Eu o sentia real. Ele cheirava real.

— Estou sonhando. — *Por favor, diga que sim.* — Isso é um sonho.

Ele simplesmente ficou olhando. Não respondeu. Eventualmente, ele me disse para fechar os olhos.

Eu fechei.

Seus lábios esfregaram minha testa. Ele me disse que tinha que ir para que eu pudesse terminar meu sonho – nem confirmando nem negando se eu estava, de fato, sonhando naquele momento.

Eu ainda estava segurando sua camiseta. Ele me

disse para largar, brincando que até alienígenas tinham que descansar em algumas ocasiões.

— Eu prometo, eu não quero te deixar. Mas você precisa descansar agora.

Ele me disse que esperava que eu fosse corajosa o bastante para ir no seu clube naquela noite. *O jeito de lançar o desafio.* O que ele estava dizendo que eu tinha escolha no assunto era tão estranho quanto meus sentimentos por ele naquele momento, corroborando ainda mais que eu *tinha* que estar sonhando.

Eu o senti calmamente retirando meus dedos dos seus ombros.

Ele me disse que ficaria até que eu caísse no sono. Eu falei que eu *estava* dormindo.

A última coisa que me lembrava era de deixá-lo saber que ele estava errado.

Eu não tinha um problema de intimidade.

CAPÍTULO QUINZE

Alguém estava cantando "Bad Romance". Aquele alguém também estava cozinhando bacon com ovos. E batata rosti. Mais importante, eu sentia o cheiro de café.

Eu sorri e esfreguei meus olhos abertos. Jay estava preparando o café da manhã a menos de quatro metros na sua cozinha aberta, usando produtos animais que apenas pessoas ricas como seus pais tinham acesso fácil.

— Você é um anjo — Falei, me espreguiçando enquanto me levantava da minha cama de improviso. Eu me sentia surpreendentemente descansada e energizada, minha mente mais clara do que deveria estar, minha cabeça e corpo não sofrendo nenhuma das dores que eu esperava depois de consumir vinho e Xanax, e de ter dormido num sofá. Até minha ansiedade por ter de ir ao clube de Vair hoje à noite de alguma forma diminuiu durante a noite, porque eu me sentia muito menos em pânico com toda a situação.

— Assim me disseram. Café da manhã pronto em cinco. — Ele abanou a espátula para mim. — Mexa-se.

Fui ao banheiro, me lavei e retornei em dez para sentar-me perto de Jay no seu balcão central da cozinha. Ele já havia se barbeado, tomado banho e se vestido para o dia – o que não era um comportamento típico do Jay para às nove da manhã de um sábado.

— As batatas, frutas e café são todos veganos — Anunciou orgulhoso, fazendo-me rir enquanto ele atacava o bacon.

— Olha quem está engraçado esta manhã — Impliquei, pegando um garfo e espetando as batatas que Jay tinha colocado no prato para mim.

Ele parecia estar de muito bom humor, cheio de energia e sorrindo de orelha a orelha como se não pudesse esperar para começar seu dia. Ou para falar-me algo?

— Você saiu para alguma festa depois que eu fui dormir ontem à noite?

— Sem você? — Ele exclamou com um olhar zombeteiro. — Eu dormi muito bem. Você?

— Surpreendentemente bem também. Obrigada novamente por me deixar ficar com você. E por fazer o café.

— O prazer foi meu. Não posso deixar minha única amiga mulher se encontrar com Ks de estômago vazio. — Ele olhou para o seu relógio. — Mas se apresse; temos menos de quinze horas para decidirmos o que você irá usar essa noite no clube, sem mencionar fazer perguntas de entrevistas brilhantes.

Eu franzi. — Desculpe-me, eu perdi algo? Ontem à noite estávamos planejando minha fuga da cidade. Agora, você quer que eu vá ao clube de Vair?

— Eu sei, eu sei, mas eu me sinto melhor sobre toda a situação depois de ter dormido e pensado no assunto. Porque adivinha quem irá ao Clube-X com você? — Ele levantou sua sobrancelha e gesticulou para si mesmo.

Meus olhos se arregalaram. — Jay, eu não posso te pedir para fazer isso.

— Você não vai. Estou invadindo sua festa. — Ele abriu um sorriso. — Tomei a liberdade de contatar Vair esta manhã e falar-lhe que eu iria. Também negociar nossos termos.

Meu garfo caiu na mesa do balcão com um barulho. — Você o quê?

— Eu falei que você só iria se eu fosse junto e ele garantisse sua segurança. — Seus olhos castanhos se iluminaram de excitação. — *E* se você entrevistasse alguns Ks.

— Você falou com ele?

— Não, trocamos mensagens.

— Mensagens? — Meu queixo caiu. — Você tem o número de telefone de Vair?

Ele deu de ombros, parecendo encabulado. — Retirei da sua cesta de frutas exóticas.

— O quê? — Não tinha nenhum número escrito no cartão que veio com a cesta que Vair tinha mandado para mim. Eu o li mais de mil vezes. — Jay, não tinha nenhum número em nenhum lugar do cartão dele.

— Não no cartão pessoal, não. Mas tinha um cartão de visitas dentro da cesta que incluía um número de telefone.

— E você guardou esse tempo todo e nunca me falou?

Ele colocou as palmas para cima. — Você não quis ter nada a ver com aquela cesta, Amy. Você teve um chilique e nem tocou nela, se lembra? Eu quase não consegui dar uma olhada nas frutas e pegar o cartão para guardar antes que você jogasse tudo no incinerador.

— Então, você simplesmente acordou hoje e mandou uma mensagem para um K? — Eu não conseguia processar aquilo. — Você enviou uma mensagem para Vair?

Ele assentiu, sua boca cheia da mordida que havia dado nos ovos e bacon.

— E ele respondeu?

Assentiu outra vez. Ele levantou seu dedo enquanto terminava de mastigar. — Sim. Ele disse que eu poderia ir hoje à noite. — Ele pausou para tomar um gole de café. — Eu também perguntei sobre os membros do Conselho. Ele disse que tudo estava acertado e que ele estava cuidando daquilo.

— Ele disse que tudo estava *acertado*?

— Estou parafraseando. Ele disse que você não está correndo nenhum perigo no tocante a eles ou quaisquer outros Ks ofendidos pelo seu artigo contanto que você fique perto dele. Você sabe, para que ele possa te proteger. É por isso que ele quer que você vá ao clube.

Jay falou aquilo como se fizesse todo o sentido. Como se Vair estivesse me chantageando a ir ao seu clube por razões altruístas.

Eu não conseguia decidir se deveria estar aliviada e aceitar a mudança abrupta de perspectiva da minha situação do meu melhor amigo, ou ficar alarmada que eu pudesse estar vivendo a versão Krinar de *Vampiros de Almas*.

— Vamos lá, coma. Tudo ficará bem. — Jay me deu um sorriso tranquilizador. — Pense nisso: desse modo você conseguirá material melhor para seu próximo artigo sobre os Ks do que o sobre veganismo.

Eu balancei a cabeça, meu apetite indo embora. — Que acordo você fez com Vair sobre eu entrevistar os Ks?

— Como te disse, eu falei com Vair que você iria para seu clube hoje à noite se eu fosse junto, e se você entrevistasse alguns Ks que frequentam o clube para seu próximo artigo.

— Essa é uma má ideia, Jay. — Escrever artigos sobre os Ks foi o que me colocou nesse embrulho todo.

— Você pode parar de abanar a cabeça e ouvir por um minuto? Vair me deu sua palavra de que estaríamos seguros sob sua proteção no clube. — Ele falou com clareza e devagar, como se achasse que eu não estivesse entendendo. *Como se a palavra de Vair nisso fosse de alguma forma sagrada.*

— Ele também concordou em você entrevistar os Ks, mas apenas Ks que ele escolhesse. — Jay torceu o nariz na última parte – como se essa fosse a pior parte. — E apenas nos seus termos, o que inclui ele estar presente para quaisquer e todas as entrevistas com os outros Ks. Para sua proteção, claro.

Mais uma vez, Jay se apressou em apresentar os atos de Vair como atenciosos – praticamente nobres. Que diabos estava acontecendo?

— Para ser honesto, eu tive a impressão de que Vair só quer que você o entreviste.

Excelente. — Jay, você sabe que eu quero ajudar a trazer informações reais sobre os Ks para o público mais do que qualquer um, mas você não acha que eu deveria evitar aborrecer o Conselho Krinar mais do que eu já fiz até agora? E se Vair estiver mentindo e isso tudo for uma armadilha?

Jay colocou a cabeça para trás, estudando-me com expressão distraída.

— Se você for comigo, ambos estaremos colocando nossas vidas em risco — Observei. — Nós poderíamos desaparecer da face da Terra e ninguém jamais saberia o que aconteceu conosco.

Os olhos de Jay se arregalaram, como se tivesse acabado de receber uma luz celestial. — Ei, você não está usando seus óculos. E não está enxergando da forma que faz normalmente sem eles.

— Você ouviu o que acabei de falar?

— Ouvi. Você está usando lentes? Achei que você

tinha perdido seu último par há semanas e ainda não tivesse encomendado mais.

Eu estava quase tendo um ataque histérico com ele por causa do seu comportamento bizarro quando vi que ele estava certo; eu não estava usando meus óculos. Eu *tinha* perdido minhas lentes de contato semanas atrás. Mais de quatro semanas atrás, para ser exato, na noite que fiquei com Vair.

E eu conseguia ver bem sem lentes ou óculos agora. *Perfeitamente,* na verdade.

Eu conseguia ver detalhes de dourado e escuro na íris castanha de Jay que nunca havia notado antes. Eu conseguia ler as letrinhas no mostrador do pequeno forno Viking no armário da parede mais de dois metros atrás de Jay.

— Oh, meu Deus...

Eu pulei do banco e corri para o sofá. Achei meus óculos onde havia deixado na mesinha de café na noite anterior e os coloquei.

Então os tirei. E coloquei novamente.

Eu não conseguia ver merda nenhuma com eles.

O que eu precisava não era de uma nova receita. Aparentemente, eu não precisava mais de óculos? Algo não estava certo.

Então, a ficha caiu. Senti *seu cheiro.*

Meu coração martelou no meu peito. Coloquei minha bunda no sofá, enrolei os lençóis embolados entre minhas mãos e os levei na altura do meu rosto, inalando profundamente enquanto relembrava meu sonho.

— Hum… o que você está fazendo?

Eu olhei para Jay. — Acho que Vair esteve aqui.

— Não seja boba. Temos porteiros lá embaixo.

— Como se isso importasse. Jay, nós o vimos desintegrar uma parede bem na nossa frente no seu clube, lembra-se?

— Você tem razão. — Ele juntou-se a mim no sofá. — Mas talvez seja apenas meu perfume que você esteja sentindo. — Ele tentou puxar os lençóis da minha mão e eu o empurrei por reflexo, apertando-os ao meu peito.

Como uma xenófila cheiradora de Ks e possessiva. Uma total viciada em K.

Joguei os lençóis em Jay como se estivessem pegando fogo.

Sutil.

— Não, não é, hum... seu cheiro. — Retirei os óculos e fiquei mexendo nas alças. — Você pode cheirar por si mesmo. — Eu parecia uma lunática.

O olhar nas feições do meu melhor amigo confirmou meus maiores temores. Recoloquei meus óculos.

A visão perfeita tornava as lentes desnecessárias.

Ele ficou de pé. — Ok. Hum, então, suponha que seja do seu passeio na limusine de ontem? Você não tomou banho ontem à noite, certo?

Era uma explicação perfeitamente plausível. Mas, de alguma forma, eu sabia que meu pressentimento estava certo desta vez. Vair havia estado aqui. E eu tinha sentimentos confusos sobre aquilo.

Assim como meu corpo.

— Talvez você esteja certo.

— Claro que eu estou certo. Eu sempre estou certo. — Jay falou com um riso forçado, fazendo o melhor para melhorar os ânimos. — Mas por que você não tenta falar com aquele meu amigo da faculdade? — Ele colocou os lençóis embolados sob o braço. — O que acho que foi para a CIA. Você sabe, como precaução.

Eu assenti. Talvez o governo estivesse secretamente trabalhando numa vacina Krinar que pudesse me fazer imune a Vair? Eu ficaria feliz em servir de voluntária para os testes.

— Acho que seria uma boa medida de precaução — Eu disse, apesar de duvidar que qualquer humano pudesse nos proteger dos Ks. — Especialmente se arriscarmos voltar ao clube de Vair esta noite.

— Garotinha, sei que ficamos com muito medo ontem à noite, mas sinto-me melhor sobre a situação depois de falar com Vair. Eu realmente sinto que ele não quer te ferir. Pense nisso: ele já teria feito. E, além do mais — Jay estufou o peito, parecendo cômico — Você estará comigo! O que poderia dar errado?

Eu tive que rir. — Realmente, o quê.

— Quero dizer, olha — Disse ele com um dar de ombros —, talvez Vair te querer no clube não tenha nada a ver com o Conselho Krinar ou querer te amar há muito tempo. Talvez seja tão simples como Vair querer reacender o boato sobre seu clube que seu último artigo criou.

— Talvez — Disse com dúvida.

— É bem possível que nem todos os aliens veganos, lordes sugadores de sangue sejam vilões, certo? Vair poderia simplesmente ser um de mente capitalista e oportunista – como todos nesta cidade.

Eu bufei. — Só espera.

— Boa menina! — Ele me tocou sob o queixo. — Você quer — ele mostrou os lençóis embolados para mim — seu cobertor K de volta?

— Ugh, meu Deus. — Levantei-me do sofá, dando uma cotovelada num Jay risonho no caminho. — Vou tomar um banho agora.

— Boa ideia — Disse ele atrás de mim. — Lave esse fedor do seu cabelo.

CAPÍTULO DEZESSEIS

— Você não pode usar isso.

— Por que não?

— Você fica parecendo uma dessas mães gostosonas que se perdeu a caminho de uma reunião da escola.

Eu rolei meus olhos e segurei o próximo vestido na minha frente. — Este?

Jay fez um barulho de que iria vomitar. — Você vai a um casamento ou a um clube de sexo? Eu já te falei, eu não acredito em cores fortes.

Eu soltei um gemido e peguei meu último vestido da minha bolsa de compras TJ Maxx. — E este?

Jay fez um som de desdém e um gesto de mais ou menos. — Preciso ver como fica em você. Eu acho que se Diane von Fürstenberg e Tory Burch tivessem um filho bastardo e que desenhasse vestidos baratos para a Bebe, esse seria o resultado.

Eu o joguei na cadeira perto da sua cama e abri

meus braços em derrota. — Bem, não tenho mais opções.

— Porque você insistiu em comprar onde não havia opções.

Jay havia querido que eu fizesse compras em alguns lugares chiques na sua vizinhança em Soho, dizendo que ele me vira 'entrando corajosamente no clube de Vair usando um modelo recortado, intimidante e minimalista, estilo Helmut Lang – ou seja, algo bem mais caro do que meu orçamento poderia suportar.

E visto a última vez que eu tinha ido ao seu clube, Vair rasgou o melhor vestido de clube que eu tinha, junto com o sutiã e calcinha, eu não iria gastar meu salário num vestido de estilista que poderia sofrer o mesmo destino.

Então, eu comprei seis vestidos da TJ Maxx e planejei devolver todos – o que seria o ideal, inclusive aquele que eu usasse no clube esta noite, se eu pudesse esconder as etiquetas.

— Você falou com seu amigo da CIA? — Perguntei.

— Não, mas eu confirmei com outro amigo que ele realmente trabalha lá e consegui seu número e deixei uma mensagem para ele.

Era um progresso, eu supus, mas não muito confortante, dado o fato de que voltaríamos ao clube de Vair em menos de cinco horas. Qualquer coisa poderia acontecer conosco hoje à noite e ninguém saberia.

— E enquanto você estava escolhendo vestidos de baixo padrão, eu pensei em algumas perguntas para a entrevista com alguns Ks. — Jay puxou seu telefone do bolso. — Quer ouvir algumas?

Eu realmente não queria. — Com certeza. Passa para mim — eu disse alegremente.

Minha barriga estava dando um nó e eu quase não tinha comido o dia todo. Tinha passado no meu apartamento depois das compras para pegar minha bolsa de maquiagem, uma seleção de sapatos e outras coisas que me ajudariam a me aprontar no apartamento de Jay e o tempo todo que estava lá não tinha sido capaz de me livrar da paranoia de que estava sendo observada. Aquilo mexia com meus nervos, pensar que eu nunca mais teria uma sensação de privacidade no meu próprio lar.

Jay sentou-se na beirada da cama e leu seu iPhone. — Quais são os objetivos finais dos Krinars para a nossa sociedade?

Fiz uma careta. — Passa. Pergunta razoável, mas muito vaga e fácil de se esquivar. Além do mais, eles obviamente não querem que saibamos todas as suas intenções. É muito duvidoso que conseguiremos quaisquer respostas que valham a pena de um K. — Eu já conseguia visualizar Vair rejeitando tal pergunta com humor e com sugestões sexuais. — Próxima?

— Por que intervir e se inserir na nossa sociedade agora se vocês tiveram a possibilidade de fazer isso por milhares de anos? Se vocês estão preocupados com a saúde do nosso planeta, por que não vieram para nos resgatar mais cedo?

— Exato! — Assenti. — Realmente, por quê? Gostei

dessa, mas provavelmente os Ks também não irão responder. Talvez devêssemos começar com as perguntas relacionadas ao Clube-X e tentar trazer outras se pudermos?

— Nós? — Ele balançou a cabeça. — Garotinha, sinto dizer que você está sozinha nisso. Estou morrendo de vontade de entrevistar um K, mas Vair foi claro sobre só você entrevistar no clube dele.

Naturalmente. — Certo. *Eu* vou começar com perguntas relacionadas com os Clubes-X. Tem algumas dessas?

— Tenhoooo — Cantarolou Jay. — Aqui vai uma que escrevi para Vair: existem rumores de que mais e mais humanos estão frequentando seu Clube-X. Muitos humanos compartilharam histórias em fóruns online sobre o quão viciadoras são as experiências de ser mordido e ter seu sangue sugado por um alienígena Krinar. É beber sangue humano igualmente viciador para um Krinar?

— Legal. Definitivamente uma pergunta chave e importante. — *Profissional e pessoalmente.* E era possível que Vair ou outros Ks aceitassem essa e talvez dessem algumas respostas que eu seria capaz de extrair uma ou duas meias-verdades.

— Você vai gostar mais ainda dessa para Vair. Enquanto os Krinars continuam a pregar os méritos do veganismo e armaram fortemente todo o planeta num estilo de vida predominantemente veganista, você estabeleceu um clube exclusivo onde os Krinars podem ter acesso a sangue fresco de humanos desejosos – porque aparentemente, a versão de 'veganismo' inclui sangue de mamíferos. Você se importaria de explicar essa hipocrisia para o público humano?

Eu dei uma risadinha e dei pulinhos nas pontas dos pés. — Vou ter que dar uma arrumadinha, mas adorei. O que mais?

— Com quantas outras mulheres você ficou no último mês?

— Jay!

— O quê? — Ele me olhou do celular com um sorriso dúbio. — Ok, eu admito que enquanto eu estava escrevendo essas, elas, de alguma forma, se tornaram mais Vair e Amy terem ficado do que os Ks e o Clube-X em geral. — Seu dedo rolou a tela. — Vamos ver... vou pular as próximas — Disse ele com uma risadinha. — Podemos voltar às de como é o gosto do seu sangue mais tarde.

— Arg! *Não é* engraçado.

Jay manteve sua risada sob controle, limpou a garganta e continuou: — Ouvi que os Krinars podem ser altamente possessivos. Isso significa que eles formam pares para a vida toda como os pinguins, coiotes e cupins?

Eu cobri meu rosto com as mãos.

— Qual o significado quando um Krinar diz que ele 'tomará totalmente conta de alguém' por *toda a eternidade?* É como um eufemismo dos Krinars para iniciar um encontro sexual estendido?

— Oh, meu Deus. — Eu me joguei na cadeira carregada com as minhas escolhas de vestidos de baixo padrão. — Eu não vou fazer essas perguntas. Vamos continuar. E se perguntarmos sobre a língua deles? Ou de como eles são capazes de entender todas as *nossas* línguas tão rapidamente? Ou sobre a tecnologia deles e se eles já planejaram compartilhar quaisquer dos seus avanços conosco?

Ou se pretendem apenas continuar usando-a contra nós – para controle, intimidação, espionagem geral e a compilação ocasional de filmagens de sexo.

— Chato e entediante. Considere o local, Amy. Não estamos nos encontrando numa loja da Apple. Você está entrevistando Vair e outros Ks sexualmente excitados num clube de sexo. Além do mais, Vair disse que nenhuma pergunta chata sobre segurança será respondida.

— O quê? — Eu me ajeitei na cadeira. — Você conversou com Vair enquanto eu estava fora?

— Troquei mensagens novamente.

— Eu quero ver! — Exigi, alcançando seu telefone. — Me mostra as mensagens desta manhã também.

— Eu te mostraria, mas foram apagadas.

— Conversa. — Dei um pulo e peguei o telefone das suas mãos. — Por que você as apagaria?

— Eu não. Vair apagou. Ou *algo* que ele fez. Porque elas desapareceram segundos depois que as li.

Eu rolei as mensagens recentes dele e era verdade.

— Tem a ver com a tecnologia deles, tenho certeza.

— Sem dúvida — Murmurei, assentindo sem

pensar. Uma nova onda de excitação começou na minha barriga quando ouvi a voz da minha mãe na minha cabeça. *Eles não iriam querer deixar evidência de como atraíram dois repórteres humanos não suspeitos para a decapitação.*

Eu retirei aquilo da minha cabeça. Eu não podia pensar desse jeito. Jay parecia ter certeza que estaríamos seguros no clube de Vair e eu tinha que confiar nos seus instintos sobre aquilo. Eu sabia que meus próprios instintos eram falhos – reforçados por anos de a minha mãe estar com medo de tudo e sempre falando que o céu iria desabar.

Eu consultei um terapeuta sobre o assunto quando estava na faculdade. Estar na escola e longe da influência da minha mãe pela primeira vez fez-me ver o quão falha era minha habilidade de julgar os perigos inerentes às situações. Eu aprendi na terapia que crianças que cresciam com medo de tudo na vida eram mais propensas a se vitimizarem quando adultas – porque o fato de serem ensinadas a ver perigo em tudo no mundo, *incluindo em lugares e situações onde não havia nenhum,* as deixavam sem capacidade razoável de identificar o perigo real quando se deparassem com ele.

Segundo o meu terapeuta, quando o perigo tornava-se a norma, as pessoas paravam de usar sua intuição, até que eventualmente elas não conseguiam diferenciar entre o dia nebuloso de 'o céu está desabando' e a ameaça 'óbvia para todos, menos para você, num bar barulhento pensando no que irá beber'.

Meu terapeuta havia me alertado que às vezes os

que são criados para ver o medo em todo lugar se tornam perseguidores de problemas ou acumuladores de adrenalina quando adultos.

Sabendo que meus instintos poderiam ser falhos, eu confiava no que observava e nos fatos o máximo possível. E no instinto das pessoas em quem confiava.

Inicialmente, Jay havia sido taxativo contra a ideia de eu ir investigar e relatar sobre o Clube-X. Contudo, uma vez que entramos e ficamos cara a cara com Vair, era eu que tinha ficado meio imobilizada pelo choque e medo, enquanto Jay aceitara a situação, seus instintos falando que o perigo não era tão grande quanto ele temera inicialmente. Ele estivera certo.

Daquela vez, a voz da minha mãe me alertou na minha cabeça.

Eu dei o telefone para Jay e fiquei em pé em silêncio ao lado da cama, perdida nos meus pensamentos.

— Você quer enviar uma mensagem para ele você mesma e ver? — Ofereceu ele após um segundo, desajeitadamente estendendo-o de volta para mim.

— Oh, não. Definitivamente não.

— Eu poderia dar seu número para ele e você poderia usar as mensagens no seu próprio telefone.

— Estou bem! — Falei bruscamente, então, me retratei: — Desculpa. Será que a gente não poderia apenas dar uma relaxada? Ver um filme ou algo assim? Eu preciso retirar minha mente dessas coisas.

— Com certeza. Eu tenho *Homens de Preto, Alien vs. Predador, Independence Day* ...

— Você está prestes a ser estrangulado por um vestido roxo.

E enquanto ele saía rindo, eu joguei o vestido nele.

CAPÍTULO DEZESSETE

Eu optei por vestir o filho bastardo von-Fürstenberg-Burch para ir ao clube de Vair.

O K de rosto simetricamente perfeito que confiscou e depois devolveu as caixas com meus pertences no dia anterior estava esperando do lado de fora do prédio de Jay para nos pegar exatamente às onze da noite. Ele estava guiando um carro híbrido Lincoln Town, elegante mas discreto. Descobrimos que seu nome era Zyrnase.

Zyrnase parecia agradável e amigável o bastante, conversando conosco de como gostava de morar na cidade, até que Jay cometeu a gafe horrenda de perguntar se substâncias alérgicas eram um problema comum em Krina como eram na Terra – e continuou com uma piada sobre como o nome "Zyrnase" soava como se tivesse sido tirado de uma droga antiestamínica.

Eu me afundei no assento quando Zyrnase

estoicamente informou que tais doenças não existiam em Krina porque substâncias alérgicas não eram o problema, nosso fraco sistema imunológico humano que era. Ficamos em silêncio por um desconfortável período de tempo até que Zyrnase acionou o divisor de vidro fumê e nos bloqueou totalmente.

— Sério? Um antiestamínico?

— O quê? Foi engraçado. Humor bom e limpo tipo K. O cara precisa se alegrar — Resmungou Jay por entre os dentes. — Estrutura facial perfeita fica sem brilho rapidamente quando não ri de si próprio.

— Eu sabia! — Sussurrei exclamando. — Você está na dele.

— Duh. Ele é sexy. *Era* sexy. Antes que seu problema de personalidade acabasse com nossa festinha na limusine. O que é uma merda. Não tem nem álcool nem sanduíches aqui. — Jay começou a vistoriar todos os compartimentos que já havia olhado. — Sabe, eu desconfio que beber álcool antes de ter sua veia chupada pode ser uma má pedida, mas o que você acha de oferecer aos seus humanos sugados umas rodelas de maçã ou mistura de nozes? Até os piores bancos de sangue oferecem biscoitos salgados e doces baratos aos doadores.

— Oh, Deus, você está nervoso, não está? Você se arrependeu totalmente de ter vindo. Acha mesmo que eles estão planejando nos morder? Eu entenderia se você quisesse dar para trás e não vir comigo quando chegarmos, tudo bem? Sem julgamentos.

— Do que você está falando? Claro que vou com você.

— Você não tem que ir. Estou falando sério, Jay. Esse problema é meu. *Eu* insisti em ir lá da primeira vez. Fui eu que escrevi o artigo que provocou o Conselho Krinar.

— Bem, *eu sou* o melhor amigo que insistiu em vir contigo da primeira vez. E eu tive o melhor sexo da minha vida naquela noite, muito obrigado. Eu também sou o melhor amigo que negociou esta reprise e não vou perdê-la.

— Mas, Jay...

— Mas nada. — Ele pressionou seus dedos e polegar juntos na minha frente no gesto de fechar o zíper. — Se você acha que vou te deixar ficar com todos os aliens sexies só para você, é mais cega do que todos aqueles óculos que está usando sem razão racional. Vair disse que eu poderia vir. Fim de discussão.

— Ah, Jay... — Pisquei rapidamente para retirar as lágrimas pinicando nos meus olhos, me aproximei e prendi meu braço no dele. Inclinando minha cabeça no seu ombro, eu disse: — Você é o melhor... sabe disso? Obrigada.

As palavras soaram preguiçosas nos meus ouvidos. Elas eram bem inadequadas, dado a tudo que Jay estava arriscando por mim. Mas eu nunca fui boa em expressar esse tipo de sentimento. E eu não poderia me dar ao luxo de ficar emotiva hoje à noite.

Eu sabia que Jay sempre entendeu esse meu lado, porque ele nunca forçava minha parte emocional como alguns dos meus outros amigos faziam. Com certeza ele me provocava no tocante a intimidades, mas mantinha num tom leve e de brincadeira. Ele recuava sempre que sentia meu desconforto. Essa era uma das qualidades que o fazia um amigo tão precioso.

— Sim, sim — Murmurou ele —, já fui informado. — Ele inclinou sua cabeça sobre a minha e deu um aperto no meu braço.

Passamos por vários quarteirões em completo silêncio.

— Mas, de verdade — Falou ele quando passamos por Greenwich Village —, por que você está usando esses óculos se sua visão fica pior com eles?

Eu suspirei e me ajeitei no assento, retirando meu braço do dele. — Porque isso não faz sentido. Eu uso óculos desde o Ensino Médio. A visão não melhora sozinha.

— E se melhorou?

— Isso não é possível.

— Então, você os está usando como negação?

— Não, claro que não. Olha, talvez eu só goste do jeito que fico com eles? — Minha afirmação trocou para uma pergunta no final.

O sorriso no canto da boca de Jay dizia que ele não acreditava naquilo.

Eu não podia culpá-lo. Eu também não acreditava.

— O quê? Eles combinam com meu vestido! — Insisti com um risinho. — Gosto de usar óculos, ok? Podemos parar com essa conversa?

Ele deu de ombros. — O que quer que você diga,

garotinha. — Ele piscou para mim. — É seu problema se quer esconder esses seus belos olhos verdes atrás de óculos que não te fazem ver. — Sua expressão de divertimento se transformou em espanto e sua atenção mudou para a janela ao meu lado quando o carro fez uma curva à direita. — Por que ele está virando aqui? Esse não é o caminho que viemos da última vez.

Eu virei a cabeça e vi que tínhamos virado numa rua estreita. Eu não tinha o melhor senso de direção do mundo, mas esse definitivamente não parecia familiar para mim. Admito que não podia ver muito na rua entre a escuridão e meus óculos embaçados. — Não — Disse preocupada —, não parece.

Meu coração começou a martelar na minha garganta enquanto toda a sorte de cenários chegou à minha mente. Eu gostaria de estar prestando mais atenção na rota que Zyrnase estava tomando.

— Bem, suponho que faça sentido — Disse Jay enquanto meu pânico estava se instalando. — Ele deve estar nos levando por uma entrada dos fundos super secreta e para altas celebridades.

Forcei uma risadinha nervosa. Jay pegou minha mão e deu uma apertada motivadora enquanto nosso carro parava nos fundos de um prédio de tijolos velhos não identificado.

— E agora?

Eu praticamente sussurrei minha pergunta quando, para meu espanto, a parede de tijolos perto do nosso carro começou a se dissolver, criando uma abertura grande o bastante para um carro passar. E foi exatamente para lá aonde Zyrnase conduziu nosso carro.

Uma escuridão nos cercou enquanto descíamos uma rampa e para dentro do que parecia um túnel subterrâneo. Continuamos andando em baixa velocidade com apenas os faróis do carro iluminando nosso caminho. Eu tentei ficar calma, mas depois de andarmos o que pareceu três quarteirões completos, eu comecei a sentir como se estivesse hiperventilando.

— Ok, talvez eu não devesse tê-lo comparado a um antiistamínico — Ponderou Jay em voz baixa perto de mim. Eu sabia que ele estava tentando colocar algum humor no momento cheio de tensão para me acalmar, mas eu ouvi a apreensão e alarme sob suas palavras de piada quando ele perguntou: — Você acha que deveríamos pular do carro e correr?

— De alguma forma eu duvido que iríamos muito longe — Falei com uma dose de certeza. — Não vamos entrar em pânico.

— Quem está entrando em pânico? — Murmurou ele. — Ninguém neste carro. Você e eu não somos do tipo que entra em pânico.

Ri para não me mijar de medo.

Meu pulso pulou quando os pneus pararam outra vez no meio do túnel escuro.

— Pensando melhor...

As palavras de Jay foram cortadas quando uma luz púrpura inundou de repente o compartimento de passageiros. Um grande buraco havia sido aberto no lado do túnel onde havíamos parado. Zyrnase dirigiu por ele e nos vimos dentro de uma garagem subterrânea.

Depois de cerca de seis metros, finalmente paramos numa vaga marcada com a letra "Z" e Zyrnase desligou o motor.

— Jesus. — Jay inspirou exageradamente em alívio enquanto Zyrnase saía do assento do motorista e dava a volta no carro em direção à minha porta. — Isso foi um pouco além da porra dos dramas de capa e espada, você não acha?

Foi um eufemismo. Mas eu falei para Jay ficar quieto e ser legal com os Ks enquanto Zyrnase abria minha porta.

— Obrigada... ahn... pela corrida — Disse tão graciosamente quanto possível enquanto saía do carro, minhas pernas tão inseguras quanto meu pulso depois da nossa jornada enervante. Estendi minha mão trêmula para ele e seus olhos se arregalaram estranhamente. Então, ele deu um passo atrás, olhando minha mão como se fosse uma cobra venenosa.

— O prazer é todo meu — Disse ele educadamente. *Sem pegar na minha mão estendida.*

Abaixei minha mão e fui para o lado.

Quando Jay saiu do carro depois de mim, estendeu sua mão, Zyrnase apertou sem hesitar.

Uau. Bem sexista?

— Ei, obrigado pela corrida, cara. Desculpe-me pela piada de mau gosto de antes — Disse Jay.

Não era a primeira vez, eu adorava o quão calmo

meu amigo sempre conseguia ser – ou, pelo menos, parecer.

— Que piada? — Zyrnase perguntou, feições sem mudar. — Eu realmente não me lembro de nada com humor. — Ele fechou a porta do carro e se virou para nós. — Sigam-me.

— Hum. Certo. Então, a parte *ruim...*

— Para — Disse a Jay com uma cotovelada forte nas suas costelas e seguimos Zyrnase.

Ele nos levou por um buraco que criou na parede do estacionamento. Que nos levou a um longo corredor e, então, por outro buraco que ele criou em outra parede, que levou a outro corredor longo.

— Sério, já chegamos? Isso é de matar — Reclamou Jay alto o bastante para Zyrnase ouvir, fazendo com que eu desse outra cotovelada nele apesar dos meus pés com salto alto já estarem começando a concordar.

Eu também estava congelando, praticamente tremendo no meu vestido curto sem mangas enquanto andávamos pelos corredores frios e desertos.

Estávamos em silêncio enquanto tomamos um pequeno elevador dois andares acima, antes de seguir Zyrnase por outro corredor longo, estéril e parecendo industrial.

— Ei — Jay falou baixo, achegando-se mais perto de mim e diminuindo o passo. — Eu não posso acreditar que me esqueci de te falar. Tive notícias de Stephen enquanto você estava se aprontando. Escapou da minha mente quando você saiu rápido pela porta.

— Quem? — Retornei.

— O amigo da CIA — Murmurou ele bem baixo. — Ele disse que quer falar com você. Disse que seu nome está numa lista.

— O quê? — Falei, espantada.

Ele assentiu e, então, gesticulou a cabeça na direção de Zyrnase, murmurando: — Vamos falar sobre isso amanhã.

— Meu nome está numa lista? Que tipo de lista?

Os olhos de Jay piscaram, mas ele balançou a cabeça e sussurrou de volta: — Não tenho ideia. Ele disse que era confidencial.

— Você está falando sério?

— Mais tarde — Insistiu ele, colocando o indicador nos lábios.

Eu me calei, mas minha mente estava rodando.

Como poderia eu ter parado numa lista confidencial do governo?

Passamos por uma curva no corredor e meu coração pulou quando vi Vair em pé lá, não mais de seis metros adiante – sua presença alta, solícita e bronzeada uma beleza surreal que me provocou calafrios puramente femininos.

— Que bom ver vocês novamente, pequenos humanos — Disse ele. — Sejam bem-vindos de volta ao meu clube.

CAPÍTULO DEZOITO

Eu deveria ter ficado insultada pela observação 'pequeno humano'. Mas o tom dele era tão acolhedor, e o olhar encantador que ele estava me dando fez aquilo parecer o melhor dos elogios.

— Oi.

Eu não consegui pensar em nada mais eloquente para falar, então, fiquei lá parada olhando para ele – sentindo a esticada nas minhas bochechas pelo sorriso largo nas minhas feições. Eu também sabia exatamente que sorriso era. Era o mesmo que achava em todas as fotos do colégio – antes de ter aprendido com a idade e bom senso como controlá-lo, e sorrir como uma pessoa normal.

Era meu sorriso solto de super excitada, e não era nem um pouco necessário que ele aparecesse agora – na frente de um alien zombador, dominador e bastardo sexy que havia usado uma gravação incriminadora de sexo para me chantagear a vir ao seu Clube-X esta noite.

Conforme Vair vinha na minha direção, ficava mais fácil controlar meu sorriso exuberante, enquanto ficava mais difícil colocar o resto do meu semblante em algo mais comportado e apropriado. Com cada passada graciosa que ele dava na minha direção, seu tamanho e magnetismo do outro mundo me faziam ficar dividida em me virar e fugir, e pular nos seus braços para subir nele como numa árvore.

Mesmo à distância e eu usando meus óculos que embaçavam tudo, os olhos castanhos escuros dele estavam me levando nas suas profundezas infinitas, fazendo-me esquecer de todas as razões do porquê eu não havia querido vir ao seu clube esta noite – todas as razões que ele era um perigo para mim e para a raça humana.

Naquele momento, havia apenas a química entre nós: uma força que desafiava a lógica e a razão, que ria da diferença inerente entre nossas espécies e não ligava para as complicações da nossa política interplanetária.

— Ei, cara. Legal te ver novamente. — Jay ficou diretamente na minha frente, obstruindo o caminho de Vair, tomando logo o posicionamento mais suicida, tolo e agressivo de um melhor amigo. — Obrigado por nos ter de volta ao seu clube.

Eu havia esquecido completamente que Jay e Zyrnase estavam em pé no corredor conosco.

A altura e musculatura de Jay podiam impressionar um macho humano, mas o físico Krinar de Vair diminuía o dele com facilidade. E Vair não pareceu feliz por Jay ter interrompido nosso momento. Seus olhos sinistros passaram de cálidos e efusivos enquanto olhavam para mim para possessivos e proibitivos quando passaram a olhar Jay.

Minha preocupação com meu amigo me incitou a finalmente achar minha voz. — Vair, você se lembra do meu *melhor* amigo, Jay — Disse, colocando ênfase na parte 'melhor'.

Sua mandíbula apertada, uma imitação de sorriso nos lábios, Vair deu um tapa não tão fraco no ombro de Jay e deu boas-vindas cortesmente, antes de retirar meu melhor amigo para o lado com o corpo, fora do seu caminho.

Meu sorriso de garota do secundário voltou, acompanhado pelo rubor mais embaraçoso, quando Vair ficou bem na minha frente – sua presença imponente novamente bloqueando todo o resto, o calor saindo do seu corpo poderoso queimando cada parte de mim.

— Oi — Disse estupidamente novamente.

Ele riu e repetiu: — Oi.

Ele segurou minhas duas mãos, esquentando-as e retirando todo o medo que restava em mim. Substituindo-o com um tipo diferente de excitação quando ele levava cada uma das minhas mãos aos seus lábios, uma depois da outra, depositando beijos escaldantes que me fizeram me arrepender de não ter reservado um par extra de calcinhas na minha bolsa de mão que estava pendurada no meu ombro.

— Você parece muito bem, Amy. — Sua voz profunda era hipnótica enquanto seus lábios esfregavam a pele sensível das articulações dos meus dedos. — É bom ter você aqui.

Todo o meu corpo voltou a viver pelo pequeno toque dele, meus músculos se apertando com antecipação e meus interiores se transformando em fogo líquido. Meus olhos se fecharam e eu me aproximei, sentindo seu cheiro como a xenófila que eu era para ele.

— Estou feliz que você foi corajosa o bastante para vir esta noite, querida.

As palavras familiares que ele usou no meu sonho na noite anterior provaram ser o balde de gelo figurativo que eu precisava.

Meus olhos se abriram ao ouvi-las: eu estava certa. Vair *tinha* me visitado no condomínio de Jay ontem à noite. Aquilo não havia sido um sonho.

Eu me dei um tapa mental.

Que porra havia de errado comigo?

Eu puxei minhas mãos da sua pegada. Ele franziu e eu dei um passo atrás, colocando o espaço necessário entre nós.

Eu estava em pé lá *ruborizando*. Olhando nos olhos de Vair, roubando seu aroma celestial de K, agindo como se fôssemos um casal no segundo encontro, quando esse era o mesmo K que zombou de mim, me espionou, derreteu as paredes e nos fez passar, me filmou e chantageou e que era uma ameaça tanto para a minha carreira como para a minha vida.

— Corajosa? — Interrompeu Jay com uma risada, vindo ao meu socorro quando fiquei sem palavras. — Vair, cara, sem ofensas, mas Amy e eu já somos bem mais loucos por clubes de sexo do que você.

Eu quase engasguei na minha própria saliva quando minha cabeça se virou na direção do meu amigo. Ou Jay era o cara mais corajoso que eu conhecia ou ele certamente estava com vontade de morrer.

— Verdade? — Disse Vair calmamente.

— Sim. — Jay deu de ombros, parecendo que não estava preocupado com a promessa fria no tom de voz do K. — Somos repórteres, como sabe. Faz parte da profissão.

Eu me encolhi internamente.

Obviamente, meu colega de trabalho continuou a falar das suas proezas nos clubes de sexo, abrindo um sorriso quando confidenciou com uma risada: — Visto Amy e eu sermos os mais jovens e belos jornalistas no *The Herald*, somos a escolha lógica para entrar disfarçados para pesquisar os clubes de sexo mais exclusivos nesta cidade. — Ele deu novamente de ombros. — Quando o compromisso chama — Cantarolou ele —, estamos aqui. Sem disfarces e prontos para começar quando você quiser com aquela entrevista que prometeu a Amy.

Eu engoli seco. Vair estava olhando para Jay como se fosse acabar com meu amigo ali mesmo.

Mas, então, Vair sorriu discretamente e respondeu despreocupado: — Claro. Ficarei feliz em atender. Mas, primeiro, acho que vocês deveriam dar uma olhada no local e talvez passar um tempo atrás do bar para terem um entendimento melhor de como nosso clube funciona – verificar como ele se compara com os outros que já visitaram.

Ele queria que fizéssemos o serviço de barman?

— Fabuloso — Concordou Jay entusiasmado. — Nos mostre.

— Desculpe-me, mas tenho outros compromissos e hóspedes para servir quase que pela noite toda. Zyrnase irá conduzir vocês.

Eu tentei ignorar o abrupto desapontamento – para não mencionar a ansiedade – que aumentou em mim pelo fato de realmente não passar tempo com Vair enquanto estivesse no seu clube esta noite.

Se meu desconsolo aparecia nas minhas feições, Vair não viu. Porque ele não estava olhando para mim – acrescentando outra rodada de rejeição não desejada nessa mudança de eventos desconcertante. Ontem mesmo, Vair havia professado na limusine que ele *precisava* que eu voltasse ao seu clube. Ele falou com Jay que estaríamos aqui sob sua proteção. E, agora, ele nos estava deixando sozinhos?

O foco de Vair estava em Zyrnase quando ele ordenou: — Leve-os ao bar lá em cima e faça com que Tauce cuide deles. Mostre a ele quem ela é e fale com ele que ela está livre para entrevistá-lo. — Ele apenas deu uma rápida olhada na minha direção enquanto falava isso. — Mandarei Shalee falar com ela também, quando ela estiver à disposição.

Zyrnase assentiu, mas eu vi que ele não estava

exatamente excitado com o que parecia para mim um novo arranjo. E eu não consegui deixar a suspeita de que estávamos para ser jogados aos lobos.

— Espere. Você não precisa estar presente na entrevista dela com o tal do Tauce? — Perguntou Jay. — Ou Shalee?

Vair sorriu. — Tenho certeza que Tauce e Shalee se sairão bem sem mim.

— Mas eu achei que você estivesse preocupado com a proteção de Amy...

— Tudo bem — Cortei Jay —, vou ficar bem.

Eu esperava.

Eu não iria deixar Vair achar que eu precisava ou quisesse que ele ficasse como minha babá. Eu era perfeitamente capaz de entrevistar os Ks sozinha, sem supervisão – ou interferência.

Vair sorriu para mim – um sorriso aberto de predador – seus dentes brancos brilhantes nas suas feições esculturais bronzeadas. — Claro que ficará.

Ele chegou mais perto e me segurou em ambos os ombros, o calor das suas palmas na minha pele nua enquanto ele invadia meu espaço pessoal. Seus lábios encostando nas minhas bochechas antes de passar para meu ouvido para sussurrar: — Estou contando que você aja legal com os outros alienígenas, querida. Não me desaponte.

Que inferno?

O que aquilo significava?

Vair trocou umas rápidas palavras em sua própria língua com Zyrnase enquanto ele se afastava de mim, um sorriso sexy que desmontava nas suas perfeitas feições.

Quando Vair tinha saído e estávamos passando ainda por *outro* corredor vários passos atrás de Zyrnase, bati no bíceps de Jay e sussurrei no seu ouvido: — Pare de antagonizar com os Ks!

— Eu? Você começou.

— O que eu fiz?

— Garota, você tem que controlar seu desejo perto de Vair. Você não pode olhar para um cara assim.

Bosta. — Assim como? Como eu estava olhando para ele?

— Como se estivesse querendo fazer filhos alienígenas com ele.

— Eu não.

— Fez sim. E como se fosse fazê-los ali mesmo no corredor na minha frente e de Zyrnase.

— Você estava imaginando coisas.

Ele riu. — Bem, eu não era o único imaginando coisas. Tenho certeza que Vair estava quase te possuindo pela sua oferta não falada antes de eu entrar entre vocês.

— Sim, bem... obrigada por isso. Aprecio muito. Mas foi tolo e perigoso. O que me lembra... — Soquei seu braço novamente. — Você está tentando se matar gabando-se da nossa experiência de clube de sexo inventada?

— Oh, vamos lá, foi genial. E, agora, sabemos que os Krinars ficam ressentidos, iguais os humanos. Estou pensando em fazer disso o tópico da *minha* revelação K.

Entramos no bar de cima no Clube-X de Vair por um último buraco no último corredor. As luzes multicoloridas que nos recepcionaram trouxeram de volta as memórias da nossa primeira visita assim como os subtons musicais etéreos de alguns instrumentos misteriosos tocando no meio de vibrações mais agudas e pulsantes de batidas de fundo.

A área do bar parecia similar àquela que tínhamos estado antes, mas definitivamente não era o mesmo espaço, fazendo-me imaginar quão grande o clube era. Esta sala era um pouco menor do que havíamos estado na nossa primeira visita, mas com áreas para se sentar mais íntimas com locais espalhados pelas paredes em vez das mesas circulares em que os bares eram servidos. A pista de dança aqui era um pouco mais elevada e havia uma grande barra circular com aparência futurística composta do que parecia ser metal e vidro branco moldado iluminado por dentro.

Os Krinars eram fáceis de ser identificados no salão, sua altura superior, pele bronzeada e atributos espantosos de supermodelos os separavam da maioria dos humanos bonitos presentes na pista de dança. Como antes, os Ks estavam vestidos com roupas simples e de cores claras que acentuavam sua pele bronzeada e com aparência saudável, de tecidos que pareciam se ajustar nos seus corpos de um jeito que enfatizavam seus físicos graciosos e impressionantes – fazendo-me sentir por um momento um arrependimento da minha seleção de roupa enquanto eu secava minhas palmas molhadas na saia do meu vestido.

Depois de um mês obcecada pela minha última visita, eu estava oficialmente de volta dentro do Clube-X de Vair. Eu estava quase começando a controlar meus nervos e minhas feições quando uma discussão começou na pista de dança.

— Eu te falei para não voltar mais aqui!

CAPÍTULO DEZENOVE

A MÚSICA PAROU E AS LUZES CLAREARAM, ILUMINANDO A confusão que havia começado.

O Krinar macho enorme com a cabeça completamente raspada e olhos espantosamente amarelo-esverdeados estava segurando um jovem humano alto bem vestido pela sua garganta com uma mão. Tão grande quanto Vair, esse K parecia até maior – talvez alguns centímetros mais alto e mais uns dez quilos de músculos.

Se eu o tivesse notado na rua durante o dia carregando uma bolsa de compras, teria ficado alarmada o bastante para mudar rapidamente de direção. Vê-lo segurando um homem se debatendo no ar com tanta facilidade era certamente aterrorizante.

— Que *cusack* deixou este cara entrar novamente? — Exigiu o K amedrontador. Seu olhos – mais amarelos do que verdes agora – olharam o salão casualmente em tom de acusação antes de voltar a atenção ao homem que estava segurando com desdém renovado. — Última chamada. Qualquer Krinar quer reclamá-lo?

Aqueles olhos amarelos parados, entre feições perfeitamente simétricas e destacando tanto sua pele bronzeada, refletiam zero de compaixão pela vítima que segurava, que estava ficando roxa pela falta de ar e segurando desesperadamente a mão massiva em volta da sua garganta.

E eu quero dizer zero.

Eu segurei no cotovelo de Jay. — Temos que fazer alguma coisa.

— Eu sei, mas o quê? — Ele sussurrou, seu rosto pálido. — Nos matar?

— Tauce não vai matá-lo — Assegurou-nos Zyrnase, sua voz sem nenhuma preocupação.

Aquele era Tauce? O K que Vair havia selecionado para 'cuidar de nós' era esse alienígena com olhos loucos e assassinos enforcando um homem para morrer no meio da pista de dança?

Jogados aos lobos, certamente.

— Você está gozando comigo? — Exclamou Jay. — É esse cara que ela vai entrevistar? *Sozinha?* Onde está Vair? Eu quero falar com ele.

— Não tem necessidade disso. Tauce!

Ante a fala forte de Zyrnase, o gigante K deixou o pobre homem cair no chão num estado de semiconsciência.

— Não volte — Tauce falou para o homem friamente, que estava se revirando e tossindo, segurando sua garganta enquanto lutava para respirar.

As palavras do K traziam uma promessa de morte certa se o homem fosse tolo o bastante para desobedecer.

Mas por quê?

Que diabos o homem tinha feito? Ele não parecia ter muito mais do que vinte e cinco anos. E ele obviamente não era páreo para um K. O que possivelmente havia acontecido para ele receber tal tratamento?

Colocando meu medo do K de olhos amarelos de lado, me aproximei enquanto Jay e Zyrnase começaram a discutir sobre a escolha de Vair da babá e entrevistado por mim.

Outros Ks vieram e retiraram o homem da pista de dança, as luzes diminuíram e a música recomeçou enquanto Tauce saiu batendo os pés, indo para o bar, um olhar enojado e raivoso ainda nas suas feições. O que, pelo que eu sabia, deveria ser sua expressão normal.

Meu coração chegou à garganta quando dei um segundo passo e, então, outro.

Eu falei para mim mesma que era porque eu estava curiosa. Que era simplesmente a repórter em mim puxada pelos fatos da situação – para entender o que um humano poderia ter possivelmente feito num clube de sexo alienígena para merecer ser atacado e ameaçado do jeito que eu acabara de testemunhar.

Não era porque eu me sentia desafiada pela

observação de Vair 'ser legal com os outros aliens ou porque eu quisesse mostrar a Vair que eu era corajosa o bastante para enfrentar quaisquer ameaças que um alienígena estivesse disposto a demonstrar.

E, certamente, não era pelo fato da influência dele ativar adrenalina em mim, pois, eu não conseguia medir o perigo quando fosse confrontado. Isso era pelo motivo de ter os fatos corretos e ter minhas perguntas da entrevista respondidas por um K para meu próximo artigo.

Invocando todos os meus nervos, cautelosamente me aproximei me fazendo de despreocupada até chegar à grande besta do K que estava fumegando atrás do bar. Ele me olhou me aproximando e sorriu. *E, de alguma forma, pareceu até mais assustador ao sorrir.*

— Bem, olá, gracinha. — Os olhos verdes lascivos retiraram meu vestido em segundos. — Sou Tauce. — Ele saiu do bar que estava entre nós, oferecendo sua enorme mão de enforcar garganta. — Primeira vez no clube?

— Yieeeccch! — Zyrnase emitiu um grito bizarro atrás de mim, de onde ele estivera discutindo com Jay. — Ela é a humana de Vair!

Tauce retirou a mão com uma velocidade anormal, exclamando algo que parecia um 'porra', mas com mais sílabas. Seus olhos ficaram arregalados não acreditando enquanto olhava por sobre meus ombros na direção de Jay e Zyrnase. — Caerle? — Perguntou ele.

— Uh, não, o nome é Jay. — Jay apressou-se para

frente para tomar uma posição protetora perto de mim. Ele esticou a mão para Tauce. — Entendo que você já conheça Zyrnase?

Tauce não apertou a mão de Jay. O olhar de desdém que lançou ao meu amigo me fez gostar do K até menos do que havia há dez segundos. — Eu estava me referindo à moça — Disse ele, sua mandíbula larga indicando na minha direção.

— O nome dela também não é Caerle — Falou-lhe Jay. — É Amy.

Os olhos de Tauce tornaram-se uma sombra que era quase um neon amarelo enquanto seu olhar nervoso passava de Jay para Zyrnase. — Nem mesmo diga isso, Z. Não esta noite.

— Vair quer que você tome conta deles.

— Ah, *cusack!*

Eu concluí que 'cusack' devia ser o equivalente Krinar para 'foda-se' – ou algo do tipo. De qualquer forma, não era uma palavra feliz.

Zyrnase e Tauce discutiram em Krinar. Não durou muito e eu sabia que Tauce havia perdido a causa quando ele passou sua mão gigantesca no rosto e resmungou 'cusack' três vezes em rápida sucessão.

Zyrnase nos deixou nas mãos capazes de matar de Tauce. Tauce passou a maior parte dos primeiros vinte minutos conosco servindo bebidas e ignorando nossa presença enquanto ficávamos parados atrás do bar, ficando fora do seu caminho o máximo possível.

Quando ele não estava providenciando uma bebida para alguém, estava procurando algo na sua palma com seu indicador apontando – geralmente com suas narinas infladas e seu lábio superior revirado. Às vezes parecia que ele estava lendo coisas no seu braço. Eu não consegui decidir se ele ainda estava pensando sobre a oportunidade de homicídio que perdera na pista de dança, ou se sua ira de alienígena era por nós.

Jay tentou iniciar uma conversa, mas sem sucesso. Foi só quando decidimos deixá-lo pensativo sozinho para explorarmos o salão por nossa conta que ele decidiu interagir – *para nos parar.*

Ele nos guiou de volta ao bar e fez-nos saber que não devíamos sair da sua presença. Ficou claro que Vair havia designado Tauce como nosso guarda-costas e babá má – uma revelação que era um tanto tranquilizadora no sentido de que significava que Vair aparentemente queria nos manter seguros no seu clube. E também era desapontador.

Passar um tempo com um K mal-humorado enquanto ele estava trabalhando e limpando era bastante entediante após as especulações que Jay e eu havíamos feito nas últimas vinte e quatro horas.

— Passamos por vinte paredes derretidas para isso? — Reclamou ele.

Ele apontou que se ficaríamos assistindo o cara irritado pelo resto da noite, era melhor se começássemos a beber. Infelizmente, o bar do Clube-X não tinha estoque da vodka que Jay costumava beber. Na verdade, ele não tinha nenhum estoque – e era literalmente um bar vazio.

Tauce simplesmente abanava a mão e pedia certa bebida e ela aparecia – subindo de um compartimento escondido sob a superfície de vidro branco do bar. Fazendo o papel do barman parecer supérfluo, na minha opinião.

A mistura exótica de suco de frutas com um pouco de álcool que Vair havia me dado na última vez que estive aqui parecia ser a escolha mais popular para os humanos frequentadores do clube. Jay começou a referir-se a ela como 'Shirley Temple Alienígena' depois de consumir dois copos e não sentir nada.

— Acho que eles fazem isso de propósito — Disse Jay, em voz alta espalhando os restos do seu segundo copo em vão enquanto Tauce ficava de cara amarrada nos observando do outro lado do bar.

— Fazem o quê?

— Servem essas bebidas fracas e benignas que depois de um tempo você fica tão desesperado para ficar alto que ficará desejoso por um tapa na veia por qualquer K disponível. Faz sentido, certo?

Eu ri e balancei a cabeça. — Eu não sei. Ainda estou no meu primeiro copo e consigo sentir um pouco do álcool. Eu definitivamente sinto algo... como um tipo de calor ou energia fluindo em mim. Talvez seja apenas a música. — Ou a diminuição da minha adrenalina.

— Acho que são os olhos de laser de Tauce sobre

você. Sério, estou quase me levantando pela sua honra se ele não parar de olhar.

— Shhh, fala baixo; ele vai te ouvir.

— Esse é o ponto. Vou te falar, a última coisa que eu esperava era ficar nesse tédio esta noite. — Jay colocou seu copo vazio no bar. — É literalmente o único cenário que nunca contemplei ao vir aqui.

Eu tinha que concordar. Mas eu achava errado ficar desapontado por aquilo. Deveríamos estar aliviados por estar entediados.

— Ei, pelo menos estamos em segurança — Lembrei a Jay. — Essa é a coisa mais importante. É um resultado melhor do que outro cenário.

— Fale por você. Nem todos nós valorizamos a segurança acima de tudo na vida, garotinha. — Jay abanou a mão em cima do copo do jeito que ele viu Tauce fazer.

Nada aconteceu. Quando Tauce fazia aquilo, o bar abria e colocava o copo para baixo da superfície.

— Eu ordeno que leve o copo — Falou Jay com uma voz ridícula, alto o bastante para receber um olhar de reprovação de Tauce.

— Pare. Ele vai achar que estamos fazendo graça.

— Bom. Vair deixou implícito que trabalharíamos no bar. Ele disse que daríamos uma olhada em volta e teríamos uma ideia melhor de como o clube funciona. Nada que fizemos até agora com Tauce se parece nem remotamente com isso. — Jay gritou a última parte na direção de Tauce. — Ele também disse que entrevistaríamos Tauce, mas o cara nem fala conosco.

Ele apenas fica em pé lá fingindo escrever na sua palma e ler coisas no seu antebraço.

Eu jurava que podia ouvir os dentes de Tauce batendo a três metros de distância enquanto Jay continuava jogando indireta. Agora, o K parecia tracejar com raiva na sua palma.

— E sempre que outro K ou humano tenta interagir conosco, o careca antissocial ali os espanta. Vair está nos tratando como crianças, Amy. Ou conseguimos bebidas reais ou uma entrevista de verdade com um K, ou saímos daqui.

Certo. Como se fosse fácil assim. Vair estava aprontando algo com esse arranjo; eu só não consegui imaginar o quê. No ínterim, eu precisava acalmar Jay e fazê-lo fechar a porra da boca antes que ele passasse dos limites com nossa babá alienígena.

Mas, então, Jay parou sozinho de falar, preso pela visão de uma K morena escultural aproximando-se do bar.

Seus cabelos brilhantes e na altura dos ombros caíam em ondas soltas e naturais e ela usava um vestido curto assimétrico e branco que era o casamento perfeito entre a moda casual e a alta costura chique. Seu olhar pausou rapidamente ao passar por Jay antes de encontrar os meus. Ela sorriu e estendeu a mão para mim e eu notei como seus olhos castanhos tinham pontos marcantes de âmbar.

— Sou Shalee.

Peguei a mão estendida de Shalee e apertei com firmeza. Tauce não mostrou que iria me impedir.

— Prazer em te conhecer. Sou Amy.

— Eu sei, trabalho com Vair. É um prazer te conhecer, Amy.

Meu coração acelerou e algo na minha barriga se remexeu ante as palavras dela, mesmo mantendo um sorriso amigável nas minhas feições. — Oh? Que bom. Por quanto tempo?

Eu não tinha intenção de fazer aquela pergunta, mas vendo que não poderia retirá-la, eu decidi expandi-la. — Que tipo de trabalho? O que você faz junto dele?

Você está dormindo com ele?

— Pesquisa. — Ela inclinou a cabeça, me estudando com olhos inquiridores enquanto o lado direito da sua boca se curvava. — Na sua maioria.

Piranha.

— Sou Jay. — Meu melhor amigo apresentou a mão, praticamente me empurrando com o ombro para ficar bem em frente a Shalee.

Eu peguei a dica e fui para o lado.

O sorriso de Shalee aumentou. — Olá, Jay. — Ela pegou a mão dele e o geralmente educado e socialmente sofisticado Jay ficou parado, sem palavras, olhando para a bela colega de trabalho de Vair como se fosse babar em si mesmo a qualquer momento.

— Não estamos juntos — Ele falou finalmente com um sinal da cabeça para mim. — No caso... no caso de você estar imaginando. — Ele ainda estava segurando a mão dela.

— Eu sei.

— Isso vai parecer ser a conversa mais brega do mundo — Jay começou, mas, então, fez uma pausa para respirar.

Eu pensei em empurrá-lo com o cotovelo de volta para o seu lugar para salvá-lo dele mesmo, mas eu não sabia se seria capaz de romper o aperto na mão de Shalee. E uma pequena e malévola parte de mim realmente queria ouvir a conversa brega de Jay pelo humor que iria proporcionar.

— Eu juro que sonhei com você ontem à noite — Confessou Jay com toda a sinceridade.

Meu Deus.

As sobrancelhas de Shalee se levantaram – com um aparente interesse genuíno, também, não de um jeito 'você está de brincadeira'. — Verdade? O que estávamos fazendo?

Ela não estava falando sério, estava? Ela parecia demasiadamente esperta para cair nessa. Será que eles nunca haviam ouvido esse tipo de conversa em Krina?

— No meu sonho, você era uma enfermeira. — Jay limpou a garganta. — E você foi... fazer uma consulta na minha casa.

Eu tossi. Alto. Mas Jay não tirou os olhos de Shalee para captar meu sinal.

— Não diga? — Ela parecia realmente intrigada. *Não havia como ela estar caindo naquela conversa.* — Qual era o tratamento?

— Você me deu um tipo de remédio para prevenir minha ressaca.

Ela mordeu o lábio, sorrindo para ele de forma sexy. — E funcionou?

Aquilo era como estar assistindo filme pornô barato. Ela *tinha* que estar de brincadeira com ele.

Ele assentiu. *E ruborizou.* Eu nunca vi meu amigo ruborizar antes.

— Muito bom, realmente. — Ele gesticulou para a pista de dança. — Você gostaria de...?

— Sim — Respondeu ela. —, gostaria.

Não tinha como.

Ela olhou para mim. — Você não se importa se eu pegá-lo emprestado um pouco, se importa?

Sim, eu me importava, na verdade. Eu belisquei o cotovelo de Jay para chamar sua atenção. Ele nem se moveu. Era como se ele estivesse hipnotizado pelas feições de Shalee.

— Oh, bem, eu acho que Tauce quer que fiquemos...

— Leve ele. — Interveio Tauce, me cortando. — Tudo bem.

CAPÍTULO VINTE

Eu perdi Jay e Shalee de vista após a segunda dança, quando eles foram para a área com cadeiras perto da parede e fecharam as cortinas privativas. Do jeito que eles estavam um com o outro na pista de dança, eu não esperava vê-los tão cedo.

Parecia inconfundivelmente como da última vez que eu estive aqui, quando Jay havia me abandonado pela Barbie Alien Shira, apenas pior, porque Vair não estava ao meu lado. E a saída de Jay e posterior festinha de amor com Shalee tinham feito a ausência de Vair mais sentida.

Também fez ficar sozinha com Tauce quase insuportável.

Mas, pelo menos, eu estava segura, lembrei-me.

Segurança era importante.

Eu desisti e coloquei meus óculos sobre minha cabeça em vez de nos meus olhos para observar o público e cada pessoa em vez de ficar olhando Tauce olhar para a sua própria mão. Eu estava começando a aceitar o fato de que realmente não conseguiria mais ver bem com meus óculos.

Mais trinta minutos e uma 'Shirley Temple' depois, e meus sapatos altos estavam me matando. Minha noite não estava indo a lugar nenhum rapidamente e eu não tinha nada a perder, então, decidi fazer algumas perguntas que Jay havia formulado para mim.

— Ei, então... ahn, Vair disse... ele disse que eu poderia te entrevistar. Tudo... tudo bem para você?

Tauce não reagiu. Ele nem mesmo moveu um cílio. Ele ficou lá, olhando para mim.

Eu fiquei batendo meus pés, prendendo meus cabelos atrás da orelha. — Então, quais são os planos derradeiros dos Krinars para a nossa sociedade?

Eu sabia que era uma péssima pergunta. Tauce confirmou que era.

Seus olhos se arregalaram. Então, ele piscou vagarosamente. — Esse é seu trabalho? E eles te *pagam?*

Bundão.

Legal. — Como vocês forçam o veganismo no planeta enquanto ficam aqui se excitando com sangue humano? Isso dificilmente tem a ver com uma dieta vegana.

Ele deu uma resmungada baixa e apertou a ponte do nariz balançando a cabeça.

Porra.

— Há quanto tempo você trabalha aqui?

Ele virou de costas.

Nem essa ele responde?

— O que você acha de morar na Cidade de Nova York? — Perguntei e ele foi para o outro lado do bar.

— Oi, Tauce. — Uma mulher espantosamente loira foi para onde ele estava, para me ignorar, e debruçou-se no bar, com seios grandes caindo do seu ultra sexy quase inexistente vestido. — Te verei no porão mais tarde?

De início achei que ela fosse uma Krinar, mas notei que ela era muito pequena. Quando a estudei mais de perto, vi que ela parecia vagamente familiar, mas eu sabia que não a conhecia.

Enquanto via a resposta desinteressada de Tauce, lembrei-me de onde a tinha visto antes: nas capas dos tabloides nas filas dos caixas de supermercado. Ela era uma atriz de novelas conhecida que esteve no mesmo show por muito tempo. Tinha certeza de que ela havia ganhado vários Daytime Emmy Awards. Mas não conseguia lembrar do seu nome, e nunca tinha assistido o show popular que ela participava.

Ela desistiu de tentar convencê-lo a ir e saiu enquanto Tauce tirou os olhos dos seus seios para desenhar na sua palma com seu dedo naquele jeito estranho que esteve fazendo antes.

Eu corri para ele tão logo ela tinha saído. — Oh, meu Deus. Aquela era...

— Sim — Tauce me cortou com uma rolar de olhos. — Era. Sim, ela é um tipo de... personalidade de televisão. — Disse ele como se fosse o trabalho mais besta que uma pessoa poderia ter, ou se impressionar.

— Todos os humanos perguntam isso quando ela chega.

Era reconfortante saber que eu era como todos os humanos tolos que Tauce encontrava no clube de Vair. — Ela vem bastante aqui?

Ele deu de ombros e eu achei que tinha terminado a conversa. Mas, depois de um segundo, ele continuou: — Ela é uma ninfomaníaca; gosta de um K em todos os buracos quando vem aqui. Gosto te possuí-la pelo cu.

Tudo bem. Era minha vez de ficar parada.

Eu resisti. Porque aquilo era uma porta para Tauce. Talvez ele falasse se o assunto fosse sexo?

— Vocês são uma sociedade poliamorosa em Krina?

Seus olhos amarelo-esverdeados me escrutinaram de cima a baixo. — Gostamos de fazer sexo. Às vezes em grupo. Mais frequentemente em pares.

Interessante. *O que Vair preferia?*

— Não sofremos esses problemas de pudor social que é uma praga na sua sociedade.

— Praga? — Eu tive que dar uma risadinha. Eu estava quase pulando de excitação visto ele finalmente começar a responder minhas perguntas. — Isso é um pouco dramático.

Ele me deu sua melhor resposta na forma de cara de pedra padrão Tauce.

Ok, então. — Os Krinars alguma vez formam pares para a vida toda? Você sabe, casam-se? Ou algo similar a isso? Como fazem os humanos?

Ele fez uma cara como se acabasse de sentir um cheiro ruim. — Não se tiverem sorte.

Certo. E eu apostaria meu rim esquerdo se a K que terminasse ligada ao Tauce pelo resto da vida consideraria a si mesma a que não teve sorte no arranjo.

— Então, é mais um arranjo social nesse caso? Não porque o casal Krinar quer?

— Não. Eles fazem isso porque querem. — Ele olhou para a sua palma, ficando distraído com o que quer que estivesse vendo ali.

Eu o estava perdendo. Eu precisava voltar à conversa para sexo.

— Eu ouvi a atriz loira perguntar se te veria no porão mais tarde. É lá onde você, ahn... ficou com ela antes?

Tauce olhou da sua palma, sua testa arqueada em divertimento. — Ficamos? Você quer dizer fodemos? — Ele balançou a cabeça. — Eu não acredito que você é a humana de Vair.

— E o que isso significa? — Eu não consegui manter o tom de afronta que senti ante o tom dele na minha voz. Zyrnase havia se referido a mim naquele mesmo termo quando eu fui apresentada a Tauce. Eu não quis tentar pensar muito naquilo ou analisar mais de perto naquela hora. — Você quer dizer que sou a humana convidada de Vair quando você fala isso? — Perguntei com esperança.

Ele deu um sorriso sarcástico. Alguns caras conseguem ficar bem sexies quando sorriem desse jeito; Tauce só parecia um idiota.

— Não, pequena repórter, isso significa que você é

propriedade de Vair. Isso significa que ele é seu dono.

Eu me forcei a respirar enquanto sentia o sangue se esvair do meu rosto.

Não entre em pânico, não entre em pânico. Não é o que parece que ele está falando.

— Você quer dizer enquanto eu estiver aqui no clube? Como num acordo de troca erótica? Tipo dom e submissa? Porque eu não concordei em fazer nada... desse tipo... — Eu continuei pensando, mas sem verbalizar, engolindo fundo ante o olhar nojento de divertimento espalhado nas feições de Tauce.

Ele abaixou sua cabeça mais perto da minha, seus olhos amarelo-esverdeados penetrantes olhando para mim. — Os Ks não precisam de permissão dos humanos — Informou ele num sussurro frio. — Pegamos o que queremos. Mantemos o que reivindicamos como nosso.

Meu rosto queimou com indignação. — Ninguém é meu dono, Tauce.

Ele riu. Sua risada saiu ainda pior na escala bastarda do que seu sorriso.

Reconhecendo a futilidade de continuar a discutir esse assunto com ele dado o meu dilema, eu decidi mudar de assunto.

— Então, qual foi o problema com aquele cara mais cedo na pista de dança? — Eu ajeitei meus óculos de volta nos meus olhos, não querendo ver mais do que tinha que ver nas feições de Tauce. — O que aconteceu?

— Ele foi avisado a não voltar mais aqui.

— Sim, eu consegui ouvir aquilo de você naquela

hora. Mas por quê? O que ele fez para ser banido do clube?

Sem nenhuma surpresa, eu encontrei o rosto de pedra de Tauce em resposta, seguido por me ignorar apontando o dedo para sua palma.

— Qual é o problema com a droga da palma da sua mão? — Eu já tinha passado dos limites com aquele dedo na palma da mão dele.

Sua cabeça levantou-se ante meu tom de voz. — Estou trabalhando — Disse ele, como se estivesse falando o óbvio.

— Você está trabalhando? Na palma da sua mão?

— Sim.

— Desculpe. — Eu balancei a cabeça. — Não estou entendendo. Como isso funciona?

— Do mesmo jeito que vocês humanos trabalham com seus celulares.

— Você tem um pequeno telefone na sua mão? Onde? — Eu cheguei mais perto, segurando sua mão enquanto a curiosidade tomava conta de mim.

Ele saiu antes que eu pudesse tocá-lo. — Não um telefone. E não é para os olhos humanos verem.

Ah. Certo. O trato da 'Nova Roupa do Imperador' – um aparelho K que era invisível aos olhos humanos. Fazia todo o sentido com o mundo avançado tecnologicamente deles de dissolver paredes.

Era a dica perfeita para passar para o tópico de tecnologia dos Ks e perguntar a Tauce se os Krinars planejariam compartilhar seus avanços conosco. Mas, em vez disso, eu me vi perguntando: — Você tem alguma coisa mais forte para beber aqui?

Retornei meus óculos para a minha cabeça e esfreguei meus olhos doloridos.

O que eu realmente queria perguntar era a que horas meu turno acabaria esta noite. Porque era exatamente o que estava acontecendo: trabalhando um turno numa merda de trabalho em que você fica olhando a hora passar e perde horas da sua vida falando com pessoas com quem você jamais se relacionaria se não fosse seu colega de trabalho.

— Não para você — Retrucou Tauce.

Eu assenti, colocando meus óculos no lugar. — Sabia.

— Em vez disso, o que você acha de uma mudança de cenário? — Sugeriu Tauce.

— Sim! — Concordei um pouco entusiasmada demais. — Quero dizer, sim, seria genial. Eu gostaria de fazer um tour por outras partes do clube.

Levantei meus óculos novamente para que pudesse olhar seu rosto e perceber sua sinceridade, mas ele estava ocupado mexendo com sua estúpida palma novamente. Quando terminou, ele olhou para mim e disse estoicamente: — Venha comigo, preciso trabalhar no bar lá de baixo agora.

Passamos por um buraco que Tauce fez na parede atrás do bar, descendo um corredor surpreendentemente pequeno e escuro e para dentro de um pequeno elevador.

Fiquei um pouco ansiosa de deixar Jay para trás no bar de cima, mas tive um pressentimento que ele estaria seguro com Shalee. E eu não ficaria longe por muito tempo, raciocinei – mesmo não tendo a menor ideia de quanto tempo Tauce deveria ficar trabalhando nesse bar de baixo para onde estávamos indo.

Quando o elevador se abriu no nível do porão, eu esperava achar um corredor ou, pelo menos, outra parede que Tauce precisaria dissolver antes de chegar ao nosso destino final. Mas, em vez disso, as portas se abriram e nos vimos bem no meio de uma cena agitada do clube.

Uma cena a qual eu medonhamente não estava preparada.

Pessoas – e aliens – estavam fazendo sexo. *Em todos os lugares.* Em gaiolas suspensas no teto, em gaiolas no piso, na pista de dança, contra a parede – *suspensas por correntes em alguns casos.*

Uma mulher estava sendo comida numa mesa a centímetros de onde eu estava parada!

Minha boca ficou seca ao ver os olhos orgulhosos de Tauce. Ele estava claramente se deleitando com meu desconforto.

— Eu preferiria trabalhar no bar lá em cima. — Consegui falar.

Ele me deu um olhar que falou que eu não iria conseguir o que queria – pelo menos, não dele.

— Eu quero falar com Vair sobre isso.

Ele deu um sorriso sarcástico. — Você está com sorte. Vair é a razão de você estar aqui embaixo. Siga-me.

Ele começou a andar e eu tive que decidir entre não ficar só nesta cena de bar do porão triplo-x, e não querer segui-lo para ver o quão pior aquilo ficaria. Quando eu não o segui imediatamente, ele se virou e fez um som de chiado para mim.

De verdade. Um chiado. Foi esse o som.

Oh, meu Deus. Esse cara. Eu rolei meus olhos e mordi meu lábio para que ele não falasse a porra do *cusack*.

Ele estava na minha frente num piscar de olhos, com aquela expressão eterna de irado com prisão de ventre que eu particularmente chamava de "cara de pedra de Tauce" durante a uma hora e quarenta e três minutos que fiquei com ele.

— Você não entende a palavra *seguir*, humana?

— Oh, foi isso que você falou? Eu não consegui ouvir por causa da música e gritaria aqui.

Seu chiado se transformou num grunhido. Então, ele pareceu tentar se recompor.

— Ouça, *Amy...* — Ele usou meu nome pela primeira vez e fez parecer que era uma doença ruim que ele não queria pegar. — Alguém provavelmente vai te chupar e foder e fazer perguntas depois se você não ficar perto de mim aqui embaixo.

Ele me convenceu no 'chupar'.

Eu estendi minha mão me rendendo. — Entendi. Mostre o caminho. Eu *seguirei*.

Eu passei a ficar perto de Tauce enquanto ele abria caminho pela Sodoma e Gomorra do porão. Enquanto eu estava aterrorizada pelas visões e sons que me rodeavam, também me achei, sem querer, excitada por alguns deles.

Quaisquer pequenas esperanças que mantive de Vair não estar no meio daquela putaria toda foi esmagada quando passamos por pessoas nuas amordaçadas e presas a mobílias sexuais e amarradas em cruzes de Santo André.

Por quê, oh, por que eu não mantive minha boca fechada e fiquei lá em cima na segurança do bar?

Meu sistema estava sobrecarregado, meus dedos trêmulos continuamente subindo e descendo meus óculos sobre o meu nariz dividida entre querer e não querer olhar.

Eu estava tão desorientada que quase não notei meus passos, muito menos prestei atenção aonde estava indo até ver que passei por uma parede aberta por Tauce. À minha frente estava a famosa atriz loira do bar lá de cima – numa cena que eu passaria minha vida feliz sem saber que existia.

CAPÍTULO VINTE E UM

Múltiplos homens – Krinars – a estavam tocando.

E estavam dentro dela.

Juntos.

Outros estavam esperando a vez. E julgando pela euforia, sons não humanos vindos dela, a bela atriz ganhadora do Emmy estava cem por cento feliz com aquilo. Então, novamente, eles provavelmente a haviam mordido e conforme Jay tinha falado, uma mordida de um K era como a droga mais potente.

Tauce me deu um empurrãozinho por trás e eu entrei na sala tropeçando – tendo tropeçado no meu próprio queixo caído enquanto tentava bloquear os sons que estava ouvindo. Para não ver o que estava testemunhando.

Vair estava sentado numa cadeira elevada na beira da cama. Sua cadeira parecia estar flutuando sobre o piso – da mesma maneira que a cama redonda plataforma estava. Ante minha entrada desajeitada, sua cadeira se virou na minha direção. Ele próprio parecia o deus grego Dionísio, sentado no seu trono, todo sombrio e belo, casualmente observando a orgia à sua frente. Nu em pelo.

Eu me virei, pretendendo fugir para o bar de cima, apenas para ver que Tauce já tinha saído e a abertura na parede por onde eu passara, fechou-se.

— Venha, agora, não seja tímida. — Os braços de Vair estavam me circulando num instante, sua risada gutural alta o bastante apenas para ser ouvida acima do sangue em pânico rugindo em meus ouvidos e a mulher tendo um orgasmo atrás de mim, enquanto ele meio que me puxava meio que me carregava para a cadeira que tinha desocupado. — Eu quero que você observe e faça anotações para mim.

Fazer anotações?

Ele colocou-me ereta no seu colo enquanto ele mesmo sentava, seu braço firme em volta da minha cintura para que eu não conseguisse mover nem um centímetro mesmo se eu não estivesse paralisada pelo choque. — Essa é a sua oportunidade de conseguir respostas. Você gosta de observar e relatar fatos, lembra-se?

Ele estava sendo sarcástico comigo novamente. Mas eu estava por demais amedrontada para dar a mínima. Eu estava no seu colo nu numa sala fechada onde uma orgia alienígena estava acontecendo.

Meu reflexo de luta acendeu, e eu lutava nervosamente contra ele. — Não, eu não posso! Eu não estou com tesão para isso. Eu não faço sexo grupal. Por favor, sou péssima em tarefas múltiplas!

— Shh-shh, acalme-se. — Sua mão cobriu minha boca. — Te pedi para observar e fazer anotações. — Sua preocupação genuína no seu tom de voz fez mais por me acalmar do que suas palavras. Ele colocou minha cabeça para trás num ângulo estranho até que eu me vi olhando para suas feições. — Ninguém te toca além de mim, humana pequenina. Entendeu?

Sua proclamação saiu num tom francamente mal-humorado, desagradável até. 'Humana pequenina' saindo das linhas dos seus lábios, soava mais como um insulto do que o carinho anterior. Então, não fez sentido quando meu coração acalentou as palavras e o medo paralisante que senti parou abruptamente.

Ninguém me toca além dele. Eu aceitaria aquilo, por enquanto, pelo menos.

Seus dedos flexionaram, acariciando os espaços sob as maçãs do meu rosto, silenciosamente exigindo minha resposta. Eu assenti contra a palma da sua mão e seus olhos se acalmaram, se não sua boca.

Retirando a mão, ele me colocou ereta no seu colo e pôs um bloco de notas eletrônico nas minhas mãos suadas. Era um pouco maior do que meu celular, mas mais leve. Eu ouvi tonta as suas instruções enquanto ele mostrava os controles e como eu poderia tomar notas manualmente ou no modo gravador.

Oh, meu Deus, ele estava falando sério sobre fazer anotações?

Ótimo. Isso eu podia fazer. Eu era uma *repórter.*

Fazer anotações de orgias era melhor do que ter que participar de uma.

Eu engoli e forcei meus olhos do aparelho eletrônico em minhas mãos para o grupo de corpos nus de machos perfeitos ondulando e enfiando, bem na minha frente.

Apenas desligue-se emocionalmente e relate os fatos, Amy.

Longe de mim julgar as 'fantasias' de outras pessoas, mas, Jesus – era muita informação para pegar uma vez que eu parasse de bloquear tudo aquilo.

A perfeição genética masculina de um Krinar cujo pau a Sra. Emmy cavalgava estava gentilmente passando o dedo no clitóris dela e adorando seus mamilos, chupando uma aréola cor-de-rosa perfeita de cada vez. Mas as coisas que ele estava falando para ela entre seus mamilos, enganavam a aparente doçura do seu toque. Porque ele a estava chamando de puta suja. Falando quão grande puta gananciosa ela era.

Em contraste, o alien segurando seu quadril, controlando sua posição para sua máxima penetração enquanto ele a fodia por trás, estava gemendo como bela e preciosa ela era, dizendo-lhe que boa menina ela estava sendo para eles e o quão doce seu cu apertado era para o seu pau.

E ainda um terceiro K estava alegremente provocando-a enquanto segurava-a pela raiz dos cabelos e batia sua ereção gigante bem no rosto dela. — Me mostra como uma boa puta de alien implora — Grunhia ele, antes de deixá-la lamber seu pré-gozo. Ele a deixaria colocar os lábios na cabeça gorda do seu pau antes de puxá-la pelos cabelos para fora dele novamente e continuaria a bater seu pau longe do alcance da língua até que ele estivesse satisfeito com as súplicas dela.

Minhas bochechas estavam tão quentes que doíam. Meus olhos queimavam por eu não piscar. Aquilo era tão estranho.

Positivamente horrível.

E horrivelmente sexy.

Eu estava com tanto tesão que tinha certeza que Vair podia sentir na sua coxa pela fina camada de tecido das etiquetas do meu vestido TJ Maxx. Definitivamente eu não o devolveria para ter um reembolso.

Foque nos fatos. Apenas dite os fatos.

— Você está me pedindo ajuda com os fatos? — O queixo de Vair descansando no meu ombro.

Merda. Eu falei aquilo em voz alta?

— Sinta-se à vontade para me entrevistar — Ofereceu ele. Seu peito duro pressionando minha espinha e o braço em volta da minha cintura puxando-me mais para dentro do seu colo até que minha bunda estivesse encostando na sua virilha.

Por um lado, sua proximidade parecia segura e confortável dentro da pequena sala naquela hora dominada por machos Ks nus, grandes e excitados, mostrando ereções não humanas sobre a cama/palco flutuante à minha frente. Ao mesmo tempo, a ereção alienígena que eu sentia dura na abertura da minha bunda era igualmente atordoante para a pouca paz mental que eu estava me apegando. Então, a palma da outra mão parou na minha coxa pouco abaixo da bainha do meu vestido e seu dedo começou a fazer círculos na parte interna do meu joelho.

Eu não consegui fazer meu cérebro e boca formularem uma resposta. Nem consegui fazer minhas mãos pararem de tremer o bastante para usar o bloco de notas eletrônico que ele me deu.

— Fato. — A voz baixa de Vair encheu meu ouvido enquanto seus lábios esfregavam nele. — A fêmea humana tem apreciado extensos orgasmos nas mãos, bocas e paus dos machos Krinars por mais de trinta minutos agora.

Deveria eu anotar aquilo?

Eu não anotei. Eu estava tendo dificuldade até para puxar ar o bastante para meus pulmões.

— Fato: a fêmea humana acabou de ser injetada com saliva Krinar a seu pedido — Continuou Vair —, fazendo-a mais receptiva ao orgasmo, seu corpo preparado para iniciar relação sexual prolongada com numerosos parceiros.

Saliva K... injetada?

Seus círculos lentos estavam subindo mais na parte interna da minha perna.

— Eles não a morderam? — Eu tentei soar analítica. Inafetada.

Falhei totalmente.

— Não. Eles não a morderam.

Entreviste-o como uma repórter. Você é uma repórter. —

O objetivo total deste clube não é que os Ks bebam sangue humano?

— Sim. E não.

Ajudou muito. — O que... por que injeção de saliva? — Eu estava ofegando agora.

— Nossa saliva na corrente sanguínea de vocês é o que induz a sensação parecida com êxtase e os efeitos afrodisíacos que você escreveu com tanto afinco no seu artigo.

Será que eu notei uma pitada de amargura? Um ponto para Amy.

E essa era uma informação confidencial valiosa. *Foque na informação confidencial.* — Como? Por que sua saliva...

— Seu sangue contém as mesmas características de hemoglobina que os primatas krinianos que costumavam ser nossa fonte primária de subsistência no nosso planeta antes de os caçarmos até a extinção há milhões de anos.

Não era a explicação que eu estava esperando.

Sua coxa musculosa se flexionou e mudou de lugar embaixo de mim, abrindo minhas pernas. Sua mão subiu mais sob meu vestido como se tivesse todo o direito de fazê-lo, enviando uma onda de antecipação para a minha barriga – uma emoção que contrastava acentuadamente com a onda de medo que acelerava as batidas do meu coração.

— Tem uma substância química na nossa saliva que originalmente era projetada para fazer nossa presa sentir-se drogada e dócil, permitindo nos alimentar deles sem resistência.

Aquilo era um caralho com C maiúsculo.

— Essa mesma substância química agora tem o efeito de melhorar sua experiência sexual humana quando mordemos vocês.

Eu era *presa* oficialmente.

E acabara de abrir minhas pernas mais para o predador me segurando.

— Com o aparecimento de substitutos sintéticos da hemoglobina e manipulação do nosso próprio DNA pelos últimos cerca de milhões de anos, não precisamos mais do sangue de uma espécie irmã para nossa sobrevivência.

Eles fazem isso agora apenas por divertimento?

Aquilo tudo era tão embaraçoso. Mesmo assim, de alguma forma me dava tesão... dum jeito realmente errado e sujo no que tangia a qualquer tipo de ciência e evolução.

— Mas por... por que injetá-la?

Sua mão estava tão perto agora. O calor dela entre minhas coxas estava deixando meu clitóris num frenesi de loucura.

— Porque desse modo, os machos Krinars continuam no controle dos seus próprios desejos. — Sua voz era paciente enquanto finalmente as juntas dos seus dedos faziam contato com minha calcinha encharcada – achando a evidência da minha resposta íntima de 'presa'. — Eles não têm que se preocupar em ser levados a foder uma fêmea tão insistentemente. Tão rapidamente. Os humanos são uma espécie frágil. Aprendemos a ser gentis com nossa comida.

Que graça. Meu ET tinha senso de humor. *Um senso doentio.*

— Torna mais fácil para eles focarem apenas nas necessidades do cliente humano.

— Cliente?

— Ou patrono, sujeito, paciente – o que você preferir. Também somos menos territorialistas quando não bebemos o sangue da nossa presa. Torna isso mais fácil de compartilhar.

Paciente? Compartilhar?

Eu conseguia sentir as batidas do meu coração no meu sexo quando suas juntas começaram a me acariciar.

— Como... isso não é... isso não é sexy — eu ofeguei por ar enquanto ele colocava mais pressão —, não mesmo.

Oh, Deus, quem eu estava tentando convencer? Eu mesma? Vair? Os três aliens esperando sua vez com a estrela de novela, que estavam agora me olhando com olhos famintos enquanto se masturbavam, se deleitando no cheiro do meu medo e excitação?

— Mmmm. — Vair inspirou profundamente contra meu pescoço. — Não concordo, amor.

— Você não é a comida — Acentuei, direcionando um olhar 'vira a porra da cara para lá' para um dos Ks enquanto ele lambia os lábios me olhando com ânsia.

— Os humanos são obsessivos por vampiros. — A voz de Vair era de divertimento. — Eles têm romantizado isso por séculos. — Seus lábios acariciavam minha orelha. — Fantasiando sobre ser a presa deles.

Droga, isso era verdade. — Nem todos nós.

— Claro. Não *você*, Amy. — Ele riu. — Nunca você. Minha vez de fazer perguntas.

Eu não argumentei. Eu estava novamente no mundo de Vair, sob suas regras, rapidamente caindo na sua magia.

— Você já fantasiou em ser dividida?

Eu balancei minha cabeça, aliviada de que era uma pergunta fácil.

Ele ainda estava me acariciando. Quase. *Preguiçosamente*. Apenas o bastante para me manter desconfortavelmente excitada e quase lá.

— Isso é bom. Porque eu nunca vou dividir você.

Eu estava tão excitada que estava derretendo.

— Diga-me, você está gostando dos outros machos olhando para você neste exato momento?

— Não — Admiti sem fôlego. — Absolutamente não. — Outra fácil.

— Ótimo. Também não estou gostando.

Ele falou algo em sua língua K e o ar brilhou e partiu-se na nossa frente como se fosse água, antes de ficar com uma qualidade prateada e translúcida que se expandiu no comprimento da sala para formar uma parede entre nós e os outros ocupantes – uma parede que parecia um espelho bidirecional.

Mas eu não tive tempo de ponderar sobre esse fenômeno impressionantemente louco, porque o dedo de Vair enganchou dentro da minha calcinha e rasgou o elástico numa puxada.

O ar frio me atingiu onde eu fiquei exposta e desesperada para sentir seus dedos quentes.

E muito mais.

— Melhor? — Perguntou ele enquanto abria minhas pernas mais ainda com seus joelhos e passava sua mão pelos meus seios e em volta do meu pescoço.

Eu não respondi. Meu coração martelando no meu peito enquanto seus lábios pressionavam meu ouvido e seus dedos apertavam em volta da minha garganta.

— Fato: você está pronta para eu te foder agora. Tão pronta que está rezando que eu faça isso sem que você tenha que pedir. Você está esperando que eu te morda, não está? Te dê a desculpa que precisa para perder o controle e implore que eu te foda até que esqueça por que algum dia achou que ficar em segurança na vida fosse uma boa ideia.

"É por isso que você estava indo para frente e para trás, se esfregando nos meus dedos, passando seu cu perfeito e lascivo na minha ereção, não? Você tem torcido para perder o controle. Esperando que eu me transforme num predador selvagem que pega o que quer para que, assim, você não tenha que admitir que você deseja.

"Bem — Continuou ele com um risinho sinistro — Você está com sorte. Eu tenho sido um selvagem bem paciente, Amy. Por *um mês inteiro*. Eu te dei tempo. Tempo para escrever o artigo. Tempo para pensar nas coisas. Tempo para vir nos seus próprios termos. Você não veio. Agora, está acontecendo como eu quero.

"Vou te foder. — Ele falou as palavras devagar, sua respiração quente contra meu ouvido enquanto meu pulso batia freneticamente contra seus dedos. — Então, vou te morder. — Sua voz era calma e normal, traindo a urgência irradiando dele. — E, depois, eu vou *realmente* te foder.

Imobilizada pelo medo e excitação, continuei muda enquanto sua outra mão retirava o bloco de notas eletrônico dos meus dedos suados. Eu não me importei em ver o que ele fez com aquilo.

Depois, ele retirou meus óculos.

Eu não reclamei.

— Tire o vestido se quiser continuar a usá-lo.

Eu não me movi.

Meu corpo estremeceu enquanto meu vestido e roupas de baixo eram rasgados segundos depois.

CAPÍTULO VINTE E DOIS

VAIR FICOU DE PÉ, RETIRANDO-ME DO SEU COLO. MEU corpo nu estava inclinado para frente e eu tropecei, caindo nos meus saltos altos, até que minhas palmas pararam na parede de vidro nos separando da orgia da estrela de novelas.

Fiquei em pânico por um momento por estar completamente exposta, em pé, nua nos meus saltos altos, meu nariz a centímetros da superfície que parecia sólida, de alguma forma viva – tão fluida como água, movendo-se e vibrando com energia sob minhas palmas – enquanto eu olhava a fileira da frente, bem perto de uma visão gráfica da sessão de sexo grupal de alienígenas que estava ficando mais selvagem a cada minuto.

Mas ninguém no outro lado do vidro estava olhando para mim. Eu disse para mim mesma que eles não podiam me ver – que tinha que ser um espelho bidirecional dado o que Vair havia dito sobre não

194

gostar que os outros machos me olhassem. Mesmo assim, eu nunca me senti tão nua e vulnerável.

Dei um passo para trás, me empurrando do vidro. Mas eu não fui longe, pois, minha bunda colidiu com as coxas duras de Vair. De repente, suas mãos estavam em todos os lugares, seu corpo esfregando contra e cobrindo todo o meu por trás.

E minhas mãos estavam... presas.

Literalmente presas.

O vidro alienígena *estava* vivo. Ele havia se enrolado em volta e algemado meus pulsos às suas superfícies. Minhas mãos estavam posicionadas à altura do meu peito e eu podia ver onde o vidro havia se transformado em partes grossas e claras que restringiram meus pulsos finos.

— Vair? — E soava aterrorizada.

Eu *estava* aterrorizada.

Sua palma direita fechou-se sobre a minha por cima do vidro enquanto sua boca esfregava minha bochecha sussurrando palavras tranquilizadoras que não consegui registrar enquanto eu continuava a lutar em vão.

Eu entendi imediatamente por que as pessoas usavam palavras de segurança.

Porque eu precisava de uma. E eu não tinha.

— Calma, querida. — Ele prendeu seus dedos nos meus contra o vidro vivo, enquanto sua mão esquerda prendia meu cabelo. — Está tudo bem. A parede não vai te machucar. — Ele inclinou minha cabeça para trás. — Eu jamais deixaria nada te ferir.

— Eu não gosto de estar presa! — Meus olhos imploraram nos dele – duas poças sinistras que me estudavam, e não sem compaixão, notei, enquanto ele parecia considerar minha súplica de forma genuína. *Brevemente.*

Então, seus lábios esfregaram os meus no primeiro beijo verdadeiro e consciente que trocamos desde que nos juntamos. — Você vai gostar desta vez — Ele prometeu calmamente. Ele esfregou meu lábio inferior, segurou delicadamente entre seus dentes e chupou. — Porque você está comigo. — Ele curvou-se para dentro de mim, sua ereção pressionando claramente conta minha bunda – tão forte e grande que enviou outra onda de apreensão pelo meu corpo. — E você sabe que eu sempre a manterei segura.

Eu não sabia daquilo.

Por que diabos eu saberia daquilo?

Sua espécie era inimiga do meu planeta. Ele estava me chantageando. Estava impedindo que eu me movesse com uma parede translúcida saindo direto de uma história de horror de ficção científica; planejava me foder enquanto eu assistia uma orgia erótica louca de alienígenas que acontecia a menos de um metro de mim, do outro lado da parede mal-assombrada.

Eu nunca fiquei tão aterrorizada e com tanto tesão na minha vida.

— Eu te adoro, humana pequenina.

'Humana pequenina' era de novo um elogio e ele me beijou sem nenhuma agressividade que eu antecipei quando ele falou pela primeira vez que iria me foder, morder e, então, 'realmente' me foder – nessa ordem. Sua delicadeza me surpreendeu enquanto seus lábios me acariciavam e mordiam até que eu relaxei e permiti que aprofundasse seu beijo.

— Eu te venero — Murmurou ele antes de enfiar sua língua dentro da minha boca num beijo lânguido e entorpecedor que fez todo o meu corpo ficar pesado de desejo, eu quase fiquei feliz que as algemas da parede estavam lá para me segurar. — Nunca te machucarei.

Suas palavras eram tolas. Os Ks não adoravam os humanos. E ele certamente me feriria.

Meu corpo não sabia a diferença. Não se importava se ele era a ameaça óbvia que até meus instintos mais falhos deveriam reconhecer.

Eu caí nele, meus mamilos dolorosamente eretos e sedentos de fricção onde o ar frio os estava atingindo. O tesão tomou conta do meu sexo e pingava nas partes internas das minhas coxas, meu âmago se apertando com a necessidade de tê-lo me preenchendo. De enfiar seu pau alien na profundidade onde nunca poderia pertencer.

Meu corpo não se importava com o fato óbvio que era importante – que isso era totalmente perigoso e um território insustentável. Eu queria perder o controle.

Porque dane-se o perigo e as consequências; às vezes uma garota simplesmente precisa ser fodida.

Então, eu o beijei de volta do jeito que uma mulher beijava um homem quando ela realmente queria aquilo, ousando silenciosamente que ele desse aquilo para mim. Sabendo que Vair cederia.

Eu engoli seu gemido de aprovação enquanto sua mão passava sobre minha pele finalmente arrepiada, seu toque suave e breve contra meu estômago tremendo e mamilos pulsantes.

Eu abri minhas pernas e virei minha bunda para a sua virilha em súplica.

Ele parou nosso beijo, sua respiração pesada quando disse: — Tão doce. Exatamente como eu sabia que seria.

Suas mãos desceram pela minha barriga para tocar entre minhas coxas encharcadas antes de dar a volta para segurar as minhas nádegas.

— Este cu tem me perseguido por um mês — Confessou ele, beijando minha espinha até que estava ajoelhado atrás de mim, beijando, lambendo e chupando a parte de baixo atrás de mim de um jeito que certamente deixaria marcas.

Apesar do meu ex-namorado ter se maravilhado com meu traseiro, ninguém jamais o chupou. Havia algo tão erótico, um pouco de tabu, e estranhamente humilde no jeito que Vair estava adorando meu traseiro.

Ouvir os barulhos que ele estava fazendo e sabendo o quão excitado ele estava apenas por beijar minhas nádegas, me impulsionou além das bordas da minha noção de decoro, bem além de me importar que eu estava presa por uma parede de vidro animada e quase sendo comida por trás por um alienígena dominante e amedrontador. Eu fiquei nas pontas dos pés no meu sapato, angulando meu cu mais alto para ele enquanto seus dedos abriam minhas nádegas para dar caminho à sua língua exploradora.

Quando aquela língua quente fez contato, lambendo o caminho do clitóris para o ânus, eu me perdi. E por 'me perdi', quis dizer fiz barulho.

Enquanto Vair continuava a morder, chupar e lamber cada milímetro das minhas coisas privadas e super estimuladas, eu joguei anos de boa criação, segurança e comportamento apropriado para o alto e comecei a fazer barulhos que rivalizavam com aquele vindo da estrela de novelas no outro lado do vidro – que estava alta pela saliva do K e sendo fodida por uma sala cheia de alienígenas Krinars sexies.

Quando todos os olhos da orgia viraram em minha direção, eu vi que apesar de eles não estarem me vendo, estavam definitivamente me ouvindo. E eles gostavam do que estavam ouvindo. Muito.

Eu podia dizer pelo jeito que suas íris brilhavam em excitação, do jeito que suas pupilas dilataram, do jeito que seus movimentos se aceleravam – ou para acariciar seus próprios paus ou movendo-se dentro da cliente/patrocinadora/paciente que eles estavam atendendo – que os barulhos que eu estava fazendo lhes dava muito tesão.

Seus olhos famintos fitavam sem ver na minha direção, e eu sabia que eles estavam imaginando coisas que Vair poderia estar fazendo atrás do vidro bidirecional.

Eu queria ficar quieta, mas não podia.

Aquilo era por demais gostoso. Tão sujo e excitante

que eu quase não conseguia acreditar que estava acontecendo.

E estava acontecendo.

Era demais para resistir: a pressão da língua de Vair contra meu clitóris, seus dedos apertando e segurando minhas nádegas para mantê-las abertas, seu polegar entrando no meu centro.

E, então, seu dedo longo e escorregadio começou a pressionar dentro de mim onde nenhum homem ousou se aventurar antes, enviando uma onda de súplicas junto com palavras profanas enquanto eu gozava na sua frente.

CAPÍTULO VINTE E TRÊS

Eu não tive tempo para me recompor. Meu orgasmo tinha acabado de terminar e Vair já estava em pé atrás de mim, sua ferramenta grossa pressionando no meu canal escorregadio apesar das contrações residuais.

Minhas pernas estavam tremendo tanto que não podiam mais suportar meu peso. As algemas da parede e Vair estavam me mantendo em pé – suas mãos grandes em volta do meu quadril, suas coxas fortes pressionadas contra minhas costas enquanto ele enterrava tudo dentro de mim.

Um barulho que era mistura de grunhido e grito de satisfação escapou de mim quando ele bombeou contra o colo do meu útero.

Ele parecia maior do que eu lembrava. *Gigante,* apesar do quão molhada eu estava do orgasmo, o fluido ainda correndo para lubrificar meu sexo para a sua entrada.

Mas aquela não era uma simples entrada.

Eu senti como uma possessão primal – uma invasão profunda e consumidora – enquanto seus dedos se apertavam em volta do meu quadril ao ponto de causar desconforto.

Um gemido de contentamento saiu do seu peito. Eu o senti ressoar da ponta dos dedos dos meus pés até meus dedos presos. E eu sabia...

Aquilo era uma reivindicação.

Qualquer pequena dúvida que eu tinha do fato foi erradicada no momento em que ele começou a se mover. Ele enfiou até o fim com cada entrada, suas estocadas controladas, mas brutais – de uma só vez terna e implacável do jeito que ele entrava fundo, enchendo-me ao ponto de me deixar transtornada mesmo enquanto seus dedos delicados continuavam persuadindo meu grupo de nervos, suas palavras e elogios me encorajando a receber mais, aceitar tudo dele.

Ele começou a falar besteiras atrás de mim, dizendo que eu pertencia a ele, que fui feita para ele. Assegurando-me que eu me moldaria a ele – que meu corpo foi feito para o dele por toda a eternidade.

Eu sabia que ele estava falando sério. Instintivamente, eu senti que aquela não era uma conversa normal de travesseiro dos Ks ou hipérbole que ele falava quando prometeu que estava me mantendo desta vez – que ele pretendia me foder deste jeito *para sempre.*

A constatação daquele fato não era algo que eu conseguia definir com lógica. Era um aviso mais profundo – um saber visceral. Algo que eu sentia na entrada e saída do seu pau enquanto ele enchia lugares dentro de mim que nenhum homem jamais havia chegado antes. No calor que expandia dentro do meu coração enquanto eu sentia o quanto ele me queria – *precisava de mim* – com ele.

Aquilo era aterrorizador e maravilhoso.

Inebriante e sóbrio.

Mas, acima de tudo, eu não estava preparada para processar algo tão complicado, emoções dicotômicas enquanto estava presa e sendo penetrada por trás, observando a orgia dos alienígenas no porão de um Clube-X.

Então, eu coloquei aquilo de lado na minha mente, achei que se devia à minha intuição faltosa, desconectei e isolei dentro da massa cinzenta da minha mente para avaliação futura.

Era apenas sexo.

Sexo, excitante, porra de gostoso, demolidoramente chantagista.

Não havia necessidade de mergulhar em emoções não desejadas e confusas, tentar e discernir o significado das palavras de Vair ou cavar quaisquer intenções mais profundas que ele tinha além de me foder até que eu esquecesse. Não quando todo o meu corpo estava apertado de tensão, meu sexo ligado e perto de uma explosão que eu era incapaz de conter.

Eu estava emitindo barulhos primitivos e grunhidos ofegantes ao mesmo tempo que os sons das bolas de Vair batiam nas minhas nádegas. Gritando coisas que não eram importantes. Minha boceta nunca se sentiu tão usada e preciosa.

E cada um dos Ks na sala dividida estava se excitando na antecipação conjunta do meu orgasmo. Eu, de alguma forma, consegui superar a bela estrela de novela pela atenção deles.

Eles sabiam pelos barulhos que estávamos fazendo o quão bem eu estava sendo fodida no outro lado do espelho enquanto Vair compensava o tempo perdido, saber daquilo me excitava mais do que deveria.

Em geral, a constatação de o quanto eu estava gostando daquela cena toda me confundia muito. *Mas não o bastante para desviar o trem do meu orgasmo que se aproximava rapidamente.*

— Assim, querida. Deixe acontecer. Mostre-me quem você realmente é.

Eu me despedacei.

Violentamente.

Apertando-me em volta do maior pau que já tive dentro de mim, senti a contração bem profundamente – mais forte como nunca havia experimentado. Meus músculos internos estremeceram, apertaram e travaram, onda após onda, exigindo que Vair voltasse – exigindo que ele aceitasse a derrota.

Presa a uma parede animada e amedrontadora nas entranhas de um clube de sexo de alienígenas, debruçada e sendo fodida com mais força como nunca antes fui na minha vida, eu me sentia como qualquer coisa menos uma vítima enquanto as estocadas de Vair tornavam-se curtas e punitivas, seus palavrões em Krinar estranhos e altos.

Eu, de repente, me senti como se *eu* fosse a predadora – a dominadora, a espécie conquistadora segurando Vair e cada um dos outros Ks, na sala prisioneira e ao meu bel prazer enquanto meu orgasmo retirava o de Vair, sugando cada gota da sua essência do seu poderoso corpo Krinar e levando-o bem dentro de mim... onde quisesse pertencer.

CAPÍTULO VINTE E QUATRO

Ele colapsou dentro de mim.

Ou talvez eu que colapsei?

Por um momento, achei que houvesse desmaiado, mas, então, vi que a parede de vidro havia simplesmente ficado escura – completamente opaca. Os sons dos outros Ks grunhindo e de carnes batendo em carnes também haviam sido abafados, porque meus ofegos soaram de repente demasiadamente altos na sala muito quieta que eu compartilhava apenas com Vair.

Eu também podia ouvir sua respiração. Sentindo-a abanando o topo da minha cabeça.

A parede havia liberado meus pulsos. Eu estava entre ela e Vair, seu braço em volta da minha cintura segurando-me ereta contra ele, seu pau semiduro ainda mergulhado bem dentro de mim.

Seus lábios desceram no meu rosto cheio de suor, dando beijos enquanto murmurava: — Você está bem?

Eu não tinha uma resposta.

Eu não estava certa se estava tudo bem.

Eu não estava certa do que acabara de acontecer comigo – se eu alguma vez ficaria bem novamente.

— Preciso que você esteja — Disse ele quando eu não respondi —, porque ainda não terminamos, querida.

Meus músculos pulsaram e apertaram em volta dele em reação.

— Essa é minha boa garota — Ronronou ele no meu ouvido. Eu o senti mais duro e comprido dentro de mim em resposta. — Sempre pronta para mim.

Eu tremi quando ele saiu; eu estava ferida pela nossa cópula áspera. Mas mais do que isso, a ausência dele dentro de mim doía. Apesar de ser por apenas um momento, visto ele me virar nos seus braços para que eu o encarasse.

Suas mãos seguraram sob minhas nádegas e meus pés com sapatos altos saíram do piso enquanto ele levantava minhas pernas e as enrolava em volta do seu quadril. Senti a parede fria nas minhas costas molhadas enquanto ele me pressionava contra ela.

— Senti sua falta — Disse ele enquanto seus lábios se juntavam aos meus. Provando. Então, *devorando.*

A ponta do seu pau duro entrou entre as dobras das minhas coxas, e eu segurei nos seus ombros, trazendo-o para mais perto, sentindo meu corpo derreter dentro dele enquanto a empurrada delicada e erótica da sua língua era igual ao órgão grosso que estava entrando em mim.

Arqueando minhas costas contra a parede para manter o equilíbrio, eu angulei minha pélvis para frente balançando e esfregando nele, encorajando sua possessão apesar de estar me sentindo bem dolorida e inchada por dentro.

Minha necessidade dele era mais forte do que o desconforto.

Eu me sentia louca pelo fato de o desejar tanto. Mais louca ainda pelo fato desta noite estar chegando ao fim.

E ela teria um fim. Essa era virtualmente a única coisa certa que existia nesta dança insustentável que estávamos dançando.

Mesmo assim, eu queria que o momento continuasse. Queria que os sentimentos e conexões entre nós fossem reais. Segurar um local de permanência dentro de mim onde eu sabia que não tinha direito.

Ele empurrou mais fundo, penetrando-me até o final e fazendo-me ofegar pelo enchimento. Ele ficou parado, deixando-me ajustar.

Nossas testas se encontraram. Seu nariz encostou no meu enquanto nossas respirações se misturaram.

— Você sentiu minha falta?

Eu não estava certa do que ele estava perguntando. Será que ele estava perguntando se eu senti sua falta desde que nos vimos hoje mais cedo? Ou se eu havia sentido sua falta no último mês?

De qualquer jeito, eu não tinha uma resposta. Vair

não era alguém que eu podia me dar ao luxo de sentir falta.

— Você se lembra deste quarto na sua última visita?

Eu balancei a cabeça. Eu havia estado no porão do seu Clube-X durante minha última visita? Aquilo era novo para mim. Mas não totalmente inacreditável, considerando-se que muitos detalhes sobre os eventos que se seguiram após ele me morder continuavam obscuros na minha comumente potente memória.

O que ficou foram as sensações que senti pelo seu toque. O cheiro da sua pele, o gosto da sua boca e seu sexo, os sons que ele fez. Lembro-me também das muitas posições que ele me possuiu, mas elas eram apenas fotografias das imagens coloridas nos olhos da minha mente, intercaladas com as ondas poderosas de luxúria que tive, vez após vez.

Eu senti seu sorriso nos meu lábios. — Você gostaria de ver *minhas* memórias favoritas?

Era uma daquelas perguntas/falas de Vair que não requeriam respostas. Ele me mostraria, qualquer que fosse a resposta.

Eu ouvi as 'memórias' de Vair antes de vê-las como imagens de vídeo em três dimensões aparecendo em volta de nós no espaço quieto anterior.

Uma risada nervosa borbulhou no meu peito – mais excitada do que ansiosa – apesar de não haver nada de engraçado sobre as imagens eróticas nossas que estavam sendo mostradas quando virei minha cabeça para ver esse novo filme da minha primeira visita ao Clube-X.

Para minha surpresa, eu vi que fiz sexo com Vair enquanto estava presa antes de hoje à noite.

E, definitivamente, eu gostei.

Havia cenas de Vair me possuindo por trás enquanto eu estava de bruços e amarrada ao que parecia uma ferradura. Imagens dele fodendo minha boca de cabeça para baixo enquanto eu estava curvada para trás, amarrada a um banco.

Meu sexo flutuou em volta dele enquanto eu assistia os vídeos chocantes passando.

Ele começou a se mover dentro de mim. Devagar e com calma, mas num ângulo que era *tão* profundo.

Minhas coxas se flexionaram; meus calcanhares se apertaram em volta da sua cintura.

— Você consegue ver o quão bom somos juntos? — Seus dentes morderam o lóbulo da minha orelha? — O quão perfeitos? — Suas perguntas saíram como anúncios de fatos.

O que eu vi era que meu ET era um tipo de filho da puta – além de qualquer coisa que minha experiência sexual comportada jamais experimentara.

Nós éramos totalmente incompatíveis.

Noutro holograma, eu estava presa a uma daquelas cruzes em formato de 'x', de Santo André, gemendo e gritando bem alto enquanto Vair se ajoelhava na minha frente – sua boca e mãos no meu sexo, sem pena.

Minhas partes internas se apertaram em volta de Vair quando eu vi aquilo. Eu girei minha pélvis dentro dele.

Parecia ter sido o visual mais sexy que já tinha visto.

Era uma imagem que eu sabia que ficaria comigo. Uma que eu não podia – *não queria* – voltar para ver o que não vi.

Éramos claramente errados um para o outro.

— Você entende por que eu tinha que ter você de volta no meu clube? — Sua boca estava se nivelando com minha garganta agora, seus dedos segurando meus mamilos.

Eu realmente vi.

E, mesmo assim, eu não vi.

— Você está bem, amor?

Eu assenti. Sentindo-me sobrecarregada. Precisando de mais. Querendo mais. Necessitando de tudo que meu amante alienígena amedrontador me dava.

— Está bom assim? — Ele entrou e saiu.

Esticando-me.

Acalmando-me.

Queimando-me por dentro e fazendo-me desejar mais.

Eu não podia falar. Eu assenti novamente.

— Vou te morder, Amy.

Era uma afirmação. Mas do jeito que ele falou, mostrou-me que eu tinha uma escolha – uma oportunidade para falar se eu desejasse.

Aquilo me fez desejar até mais.

Eu assenti, inclinando minha garganta para sua boca saqueadora. Meus dedos deslizaram pelos seus cabelos sedosos atrás da cabeça dele, puxando-o para mais perto enquanto meu quadril tocava e circulava nele, indo junto com suas enfiadas demasiadamente vagarosas, demasiadamente delicadas.

— Sim... assim, querida. Mostre-me. Te darei tudo o que você quiser.

Seus movimentos aceleraram, seu quadril empurrando e rolando entre minhas coxas com uma urgência renovada enquanto sua boca colava na coluna do meu pescoço e sua mão entrava entre nossos corpos para colocar o dedo no meu clitóris pulsante.

Eu senti a picada da sua mordida e gritei, uma pitada de medo correndo por mim com a dor cortante dos seus dentes afiados na minha carne frágil. Machucou, queimou de um jeito perversamente carnal e não muito tempo depois, a chupada erótica dos seus lábios e língua causou um orgasmo em mim com tanta força que fez minha visão desaparecer, minha pele queimar e meu coração acelerar.

Depois daquilo, eu não conhecia nada além do prazer sem pensar, meu corpo se convulsionando mais e mais por todo o clímax consumidor, perdida num mundo onde havia apenas Vair, apenas nós, clamando pelo êxtase que não era nada menos do que divino.

Eu estava vagamente consciente de Vair me banhando algum tempo depois – devia ter sido horas ou dias. Da colega de trabalho de Vair, Shalee me examinando e verificando meus sinais vitais em lugares estranhos e com aparelhos médicos que eu não conhecia enquanto ela e Vair conversavam em tons apressados.

Lembrava-me de estar, além de desgastada, exausta, mas, mesmo assim, lutando contra a vontade de dormir, não querendo que minha noite com Vair chegasse ao fim. Eu me lembrava de me atrapalhar por falar aquilo para Vair, dizendo que eu não queria dormir e acordar sozinha no meu apartamento novamente – como da primeira vez que fui ao seu clube. Então, eu tentei me explicar por dizer que foi sua saliva K que havia me feito dizer aquilo.

Ele me beijou e prometeu estar lá quando eu acordasse enquanto ele me colocava na cama mais confortável que eu já deitara. Eu caí no sono logo depois ao som calmo da sua voz profunda falando em Krinar e a sensação dos seus dedos passando calmamente pelos meus cabelos.

CAPÍTULO VINTE E CINCO

MINHAS NOVAS COBERTAS ESTAVAM ESFREGANDO EM MIM do modo mais sensual que já senti. Acariciando levemente e se moldando nas minhas pernas nuas de um jeito celestial. Meu Deus, mas elas eram macias. Eu deveria encomendar outro conjunto desse – se eu pudesse me lembrar de quando e onde comprei-os.

Espera... eu tinha comprado lençóis novos?

Notei que o quarto era claro com meus olhos fechados. Meu quarto nunca teve tanta luz do sol pela manhã. Então, eu me lembrei que estive com Jay. Dormindo no seu sofá para que pudéssemos pensar no que fazer sobre eu ir para o Clube-X de Vair depois...

Merda!

Eu pulei numa posição sentada.

Meu coração acelerado, eu fiquei de boca aberta ante o meu redor não familiar. Eu não estava na casa de Jay. Estava num quarto grande, com janelas do piso ao teto por toda a parede revelando vistas maravilhosas das nuvens e do céu. Num momento de privação de sono idiota, eu temi que Vair houvesse me abduzido na sua espaçonave alienígena.

Eu pulei da cama e os arranha-céus abençoados da Cidade de Nova York abaixo.

Abaixo?

Jesus, eu estava nas alturas. Num terraço chique ou algum outro lugar.

— Bom dia.

Ao som da voz de Vair, eu me virei tão rápido que quase tropecei.

— Oi — Eu disse automaticamente, meu rosto ruborizado e meus olhos desconfiados quando olhei nos olhos dele. Ele estava encostado casualmente contra uma parede perto da porta e eu deveria estar num quarto.

Porra. Eu havia passado a noite no clube de Vair?

Olhei para baixo e fiquei aliviada ao ver que não estava nua. Estava usando uma camisa masculina bem *grande* e macia. A camisa de Vair, sem dúvida.

Vair já estava vestido para começar seu dia, com aparência elegante e vistosa – e devastadoramente atraente – quando ele ficou de pé olhando para mim com seu olhar escrutinador e sombrio.

— Bom dia — Disse, parecendo uma imbecil. Eu estava atordoada, não sabendo o que fazer.

Ele sorriu. — O banheiro é naquela direção, se você precisar. — Ele apontou para a minha direita. — Você achará toalhas e quaisquer utensílios que quiser.

— Ótimo! — Eu quase gritei enquanto me apressava

na direção que ele apontava, fazendo meu melhor para não correr e também para mascarar meu espanto quando notei que a cama e mesas de cabeceira estavam flutuando sobre o piso da mesma maneira que a mobília no salão do porão do clube de Vair.

— Oh, e, Amy — Ele falou na hora que eu cheguei à porta aberta do seu banheiro chique.

— Sim? — Eu dei um pulo e me virei, ofegando espantada quando vi que ele estava em pé bem atrás de mim.

Ele me pegou pelos ombros fazendo-me ficar parada, uma franzida maculando sua testa. Ele parecia que iria me perguntar se eu estava bem, daquele jeito que sempre perguntava, então, eu antecipei-me.

— Eu preciso *muito* urinar.

— Claro. — Ele soltou meus ombros. — Só quero te dizer que o banheiro, como o resto do apartamento, é inteligente. Equipado com tecnologia Krinar que é programada para responder à minha voz, gestos e comandos mentais. Eu ainda não programei para responder a você, então, você pode precisar de ajuda para fazer com que os controles de banho façam do jeito que você deseja se quiser tomar um banho esta manhã.

Eu já tinha parado de levar suas palavras a sério depois que ele se referiu ao seu terraço como 'apartamento'. Eu as recusara e não levava em consideração totalmente ao ponto de ele querer dizer que iria programar seu chuveiro para responder aos meus comandos – como se eu fosse ficar aqui usando-o com tanta frequência que tornasse aquilo necessário.

Eu balancei a cabeça e abanei a mão com um sorriso trêmulo. — Só serei bem rápida e depois vou embora, ok? Eu vou... tomar banho em casa.

Eu me tranquei dentro do banheiro antes que ele pudesse falar outra coisa. Então, dei várias respiradas para me acalmar e contei até dez.

O banheiro de Vair era, numa palavra, ridículo. Meus olhos viram um mármore preto e branco, uma banheira enorme e um chuveiro para vinte pessoas com uma parede de vidro com vista para a cidade.

Eu não consegui me conter. E realmente tinha que urinar.

Não havia um vaso normal, mas um cilindro em pé de porcelana com beiradas arredondadas onde deveria haver um vaso. Mas, faltavam vários componentes importantes de um vaso – a saber, água e um mecanismo de dar descarga.

Oh, que inferno. Mesmo assim, eu sentei nele e esvaziei minha bexiga. Quando terminei, vi que também não havia papel higiênico no banheiro. Levantei meus olhos para o teto. Aparentemente os *apartamentos típicos de solteiros também se estendiam aos alienígenas.*

Eu estava contemplando minhas opções quando uma brisa atingiu minhas nádegas sem aviso. Eu pulei do cilindro com um grito.

Olhando para a porcelana branca, não vi traço de

urina, apesar de não haver água no cilindro e não ouvi barulho de descarga. Também me sentia limpa e seca.

Bem, era diferente, mas eu tinha que admitir, bem útil.

A pia parecia um pouco mais normal, mas não havia controles ou botões na torneira. Concluindo que havia sensores de movimento, eu abanei minha mão sob ela. Uma substância parecendo sabão saiu, seguida de água alguns minutos depois.

Ah. Inteligente.

Após lavar meu rosto, eu o inspecionei no espelho, notando que eu parecia bem melhor do que me sentia por dentro. Minha pele estava limpa e com aparência saudável, e eu não tinha aqueles círculos terríveis escuros sob meus olhos, como eu antecipara.

No balcão havia uma escova novinha em folha e uma pasta de dentes tamanho viagem que usei. Parecia que estavam lá apenas para mim, fazendo-me imaginar o que os Krinars faziam para limpar os dentes.

Apesar de todo o suor que havia tido na noite anterior, eu notei que não fedia. De fato, meu cabelo e corpo pareciam ter acabado de ter sido lavados. Memórias desconcertantes apareceram de Vair me lavando a certa hora durante a noite.

E de Shalee vindo me checar.

Mesmo no meio da minha tontura pela mordida diminuindo, lembrei-me de estar pensando que os métodos dela de 'checar meus sinais vitais', como ela havia chamado, eram bem pouco ortodoxos.

Meu pulso acelerou quando me lembrei de ela

colocar um aparelho médico fino com cerca do tamanho de um absorvente íntimo dentro mim. Eu me joguei sobre um banco de mármore ao lado da entrada do chuveiro, levantei meus pés e abri bem meu joelhos.

Depois da quantidade de sexo intenso que eu tive com Vair – que era pelos padrões humanos, gigantesco – deveria estar doloroso até urinar esta manhã. Mas eu me sentia perfeitamente bem. E a aparência era muito boa ali – igual a primeira manhã que havia ficado com Vair no seu clube. Aquilo também havia me deixado intrigada, inicialmente fazendo-me imaginar se eu apenas imaginei os eventos do nosso primeiro encontro.

Era amplamente conhecido que os Krinars tinham tecnologia de cura avançada, dado o fato que os humanos haviam sido informados do tempo de vida estendido deles. Seria possível que Vair e Shalee tinham utilizado a tecnologia médica Krinar em mim? Apenas para curar minha vagina mais rápido?

Por mais louco que fosse, parecia a melhor explicação de como eu estava sem dor. Mas, por que eles fariam aquilo? E sem minha permissão?

Será que eles tinham feito outras coisas comigo?

Retirando a camisa de Vair, fiquei de pé e inspecionei o resto do meu corpo no espelho da parede, notando que eu não tinha nenhuma das marcas ou hematomas que deveriam vir do jeito que Vair havia me tocado e segurado na noite anterior – apertando e segurando minha carne como se não conseguisse ter o bastante. Também não havia marcas de mordida no meu pescoço.

Nem nas minhas nádegas.

Eu examinei cada centímetro da minha pessoa, concluí quão bem conseguia ver cada detalhe, cada pequeno poro na minha pele livre de marcas.

Minha visão!

Eu não estava usando meus óculos de cega. Eu não tinha ideia de onde eles teriam parado depois que Vair os removera junto com minhas roupas.

Puta merda, será que também tinham feito algo para corrigir meus antigos problemas de visão? Seria esse o motivo de eu estar vendo melhor sem óculos nessas últimas semanas?

Mas por que fariam isso? *Por que* comigo?

Eu me sentei no banco de mármore, coloquei os cotovelos nos joelhos e repousei minha testa nas mãos quando as palavras terríveis de Tauce sobre eu ser propriedade de Vair vieram à minha mente. *Sobre como os Ks pegam o que querem e mantêm o que eles dizem ser deles.*

Oh, Deus. Não era nada mais do que o que o próprio Vair havia dito enquanto entrava em mim por trás no porão do Clube-X. Ele tinha falado que eu pertencia a ele, que ele ficaria comigo dessa vez, e que ele pretendia me foder pela eternidade.

— Amy?

Dei um pulo ante o som da voz de Vair e sua batida leve na porta do banheiro.

— Você está achando tudo que precisa aí?

— Sim! — Falei. — Está tudo bem. Eu... já estou saindo.

Eu recoloquei sua camisa e saí do banheiro. Ele estava em pé do lado de fora me esperando, seus olhos calmos, um leve sorriso nos lábios. Era quase como se estivesse *tentando* parecer não assustador.

Com se o predador que era tivesse sentido o cheiro do meu medo e pânico.

Ele estendeu a mão para mim. — Vem, vou te mostrar o local.

Eu coloquei minha mão na dele e fiz o máximo para ficar calma enquanto ele me levava pela grande opulência que era seu 'apartamento'.

O lugar era enorme. Devia ser os três últimos andares do prédio.

Sofisticado e moderno, elegante e minimalista, com janelas do piso ao teto que tinham a altura de três andares, o terraço era um estudo de linhas limpas e simetria arquitetônica. E as mobílias futurísticas junto com os aparelhos e equipamentos tecnologicamente avançados de Vair de alguma forma completavam as superfícies de mármores mais convencionais e os pisos em espinha de carvalho eram reminiscências das casas em Park Avenue.

Tão espantoso quanto era o espaço interior, a vista das janelas era maravilhosa. Não estávamos mais em Meatpacking District – aquilo era certo. A vista do salão principal olhava para o norte, e estávamos alto o bastante para eu conseguir ver claramente a extensão de Central Park até a Ponte George Washington.

Não havia palavras. Mas achei uma.

— Uau — Respirei, minha voz na manhã quieta perdida no espaço gigantesco.

Bem meu tipo.

— Você gosta? — O polegar de Vair acariciando a pele sensível do meu pulso.

Eu assenti. — É... de tirar o fôlego.

Era um trabalho de um gênio da arquitetura. *Em Park Avenue.* Uma residência na cobiçada Cidade de Nova York que provavelmente chegaria a centenas de milhões de dólares. E eu estava nela, olhando para o Central Park, de mãos dadas com o alien invasor, dono do clube de sexo que morava ali.

Eu precisava ir embora.

Ele deu uma apertadinha na minha mão. — Obrigado.

Com suas palavras, eu me virei e o vi sorrindo para mim como se estivesse genuinamente feliz com minha reação. — Estou feliz que aprove.

Ele não parecia nem um pouco sarcástico.

Eu engoli, lutando contra a voz de pânico dentro de mim que estava gritando: 'Corre'.

— Você não precisa nem um pouco da minha aprovação — Disse com um sorriso ansioso, sentindo-me pequena na camisa super grande de Vair, e cobertura gigantesca.

Sua mão roçando na minha, seus dedos se reposicionando para formar uma união com a minha.

— Você não precisa ficar nervosa, Amy. — Seu polegar voltou à carícia.

O ritmo do meu coração subiu. Sangue martelando nos meus ouvidos e meu rosto aquecido. Meu estômago revirou e pontadas escuras começaram a invadir minha visão. De repente, eu me senti mais aterrorizada ali segurando a mão de Vair do que havia sentido no porão do seu Clube-X, cercado de Ks machos excitados e presa numa parede de vidro animada.

O medo era estúpido, mas também muito real.

Eu também sabia que Vair sentia aquilo. Eu ouvi as preocupações da sua voz que soavam longe por causa do sangue correndo nos meus ouvidos enquanto ele perguntava se eu estava bem.

Total força de vontade e um medo maior de ficar constrangida me impediram de desmaiar quando fechei os olhos e assenti.

— Tenho medo de altura — Murmurei, sabendo que eu tinha que falar algo. — Eu não deveria ter ficado tão perto da janela.

Eu estava com os pés no ar, colocada nos seus braços, e sendo carregada pelo salão antes de respirar outra vez. Ele colocou-me numa superfície como um sofá branco e flutuante e disse que voltaria. Logo depois, ele voltou com um copo de um líquido cor-de-rosa claro e eu bebi tudo sem nem mesmo perguntar o que era.

Foi naquele momento que eu soube da verdade.

Eu não tinha mais medo de Vair.

Não era o alienígena Krinar amedrontador nele que eu temia.

Eram os sentimentos e reações alienígenas que ele estava provocando em mim.

Eu precisava juntar forças e sair daquele apartamento.

Eu senti o peso das suas palmas nos meus joelhos quando ele se ajoelhou na minha frente. Eu olhei nos olhos dele – e imediatamente me arrependi daquilo.

Não era a preocupação que vi lá que me deixou agitada, nem era a sinceridade. Era a compreensão. A constatação silenciosa pelos seus olhos que ele entendia plenamente que me deixava apavorada. *E ele aceitava aquilo.*

— Sei que você está com medo de muitas coisas, Amy. — Sua voz era baixa e delicada. — Mas não acredito que medo de altura esteja entre elas.

Nenhum de nós ousou falar. Você conseguiria ouvir um alfinete caindo. Mas não foi um alfinete que ouvi; foi a música tema de Arquivo X tocando quietamente à distância.

Meu telefone.

CAPÍTULO VINTE E SEIS

Jay havia mexido com os tons do meu celular enquanto eu estive no seu apartamento ontem. Ele havia mudado o som para o tema de Arquivo X com intenção de melhorar os ânimos por causa do meu problema com Vair.

Meu telefone estava tocando na minha bolsa agora. *Em algum lugar.*

— Ah… é minha bolsa — Disse, colocando meu copo vazio na mesa de café flutuante perto de mim. —, quero dizer, meu telefone na minha bolsa. Posso pegar? Eu acho que ouço meu celular tocando.

Eu coloquei meu celular na pequena bolsa de festa quando saí para o clube de Vair. Tauce havia colocado num compartimento escondido no bar de cima ontem à noite e eu não tinha pensado em levá-la para baixo quando saímos para ir ao porão.

— Claro. — Vair levantou-se com sua graciosidade

de um gato e saiu da sala. Meu telefone já parara de tocar quando ele voltou e deu a bolsa para mim.

Meu primeiro choque ao pegar meu telefone da bolsa foi ver a hora.

— Será que já se passam das onze? — Protestei, mais para mim do que para Vair. — Eu não acredito o quão até mais tarde eu dormi.

— Você não dormiu até quase quatro da manhã. Pode até dormir mais algumas horas.

— Estou bem. Quanto *você* dormiu? — Repliquei na defensiva, como uma criança discutindo – e sentindo-me como uma repreendida. — Você não deve ter dormido muito mais do que eu.

— Dormi três horas. Os Krinars não requerem a mesma quantidade de sono que os humanos.

Não? Oh. Bem, isso era conveniente para eles. Os humanos provavelmente teriam feito mais avanços se, como espécie, não precisassem dormir tanto.

Eu fiquei de pé e fui para a janela, cansada de sentir os olhos de Vair em mim. Eu precisava de espaço para pensar.

Comecei a andar de um lado para o outro enquanto passava as minhas atividades no telefone recente. Havia duas ligações perdidas de Jay, vinte e nove dos meus pais e oito novas mensagens de voz.

Porra. Era domingo. Eu falei para meus pais que ligaria para eles e eu sempre ligo antes das dez aos domingos. Provavelmente eles já ligaram para o departamento de polícia de Nova York, FBI, e a guarda nacional. Eu já há muito considerava uma bênção pessoal que, salvo evidência de violência ou circunstâncias anormais, um indivíduo tinha que estar desaparecido por vinte e quatro horas antes que pudesse legalmente ser considerado como desaparecido. Não importando quantas vezes que minha mãe tivesse sido lembrada por essa lei, ela insistia em tentar me denunciar como desaparecida sempre que não entrasse em contato com ela como planejado.

Havia uma mensagem de Jay dizendo para não considerar sua mensagem de voz porque ele já falara com Vair, o que significava que as outras sete mensagens de voz eram da minha mãe.

Meus olhos rolaram. Eu não conseguia decidir se eram as sete mensagens de voz da minha mãe ou se pelo fato de Jay ter estado em contato com Vair enquanto eu estive dormindo.

Enquanto eu estava pensando numa explicação plausível, *mentir* para meus pais, a canção tema de Arquivo X soou novamente.

Merda. Era minha mãe. Eu não queria responder com Vair escutando, mas eu sabia que ela apenas continuaria ligando e me amedrontando se eu não respondesse. *E começaria a ligar para todo mundo que conhecesse em Nova York para organizar um grupo de busca e resgate.*

— Ei, mãe.

— Amy, é você? — Sua voz histérica veio num volume tão alto que eu pulei com o celular no ouvido.

— Sim, mãe, quem mais poderia ser?

— São quase onze e meia — Berrou ela. — Onde você esteve?

— Oh, ei, desculpa se não liguei. Eu, hum... fui a uma aula de hot yoga. Foi muito boa, mas bem puxada. Então, eu fiquei tão cansada depois que me joguei na cama. Eu nem mesmo ouvi meu telefone tocar até que acabei de acordar.

Eu racionalizei que havia uma verdade parcial aí. Mas sabia que suava como uma mentirosa compulsiva. Eu dei uma espiada em Vair. Sua expressão era obstinadamente indiferente enquanto me olhava andar para cima e para baixo, seu indicador esfregando seu lábio inferior.

— Hot yoga? — Minha mãe pareceu confusa no outro lado da linha. Ou horrorizada. Eu não consegui dizer qual quando ela repetiu: — Hot yoga? Você tem feito hot yoga?

— Sim, hot yoga. É minha nova mania. Ei, então, não é uma boa hora agora. Eu tenho que fazer compras e já estou atrasada no artigo que te falei que é para a terça. Ligo para vocês mais tarde à noite, ok?

— Amy, você sabe quantas pessoas morreram fazendo hot yoga? Você não leu os artigos que te mandei sobre o guru Bikram ser condenado à prisão?

Oh, senhor. Por que não inventei uma história sobre projeto de jardinagem ou algo parecido? Eu a ouvi gritando para o meu pai no fundo e sabia que não podia continuar.

— Tenho que desligar agora, mãe. Vou ligar mais

tarde. — Terminei a ligação e desliguei o celular, virando-me para encarar Vair. — O quê?

Sua expressão ainda era obstinadamente indiferente. — Eu não falei nada.

— Mas você está julgando.

— Se você diz isso, amor.

— Você não entende. Você não conhece meus pais, tá? Às vezes é melhor dizer uma mentirinha para eles. — Por que eu estava me explicando? Eu não devia explicação a ele.

Ele riu. — Muito pelo contrário. Eu os conheço muito bem. Tenho que confessar, sua mãe me aterroriza.

— Ha! Certo. — A ideia de Vair estar horrorizado com minha mãe era cômica.

— Estou falando sério. Aqueles emails que ela te manda constantemente... — Ele balançou a cabeça, uma sobrancelha levantada. — É um problema. Mesmo para um humano.

Minha respiração parou. Senti-me como se tivesse sido atingida no estômago. Ele havia visto minha conta de email pessoal? Jesus, por que eu estava surpresa? O homem – alienígena – havia me filmado sem meu consentimento. Eu deveria saber que ele teria olhado tudo sobre mim que era pessoal e sem limites. Mesmo assim... — Você leu meus emails pessoais?

— Claro, querida. — Nenhum traço de constrangimento.

— Não sou sua querida. E o comportamento da

minha família não é da sua conta. — Como ele ousava julgar minha mãe?

Seu sorriso desapareceu, sua mandíbula de pôster militar se apertou. — Terei que discordar. Tudo sobre você é da minha conta. Todos que te afetam são da minha conta.

Meu estômago se contorceu novamente. Ele estava cem por cento sério.

— Bem autoritário, você não acha? Oh, certo, você é um Krinar. Invadir a privacidade dos humanos inferiores não é grande coisa – totalmente dentro do campo de atuação do Krinar comum.

Instintos protetores e defensivos para com meus pais à parte, sua observação 'mesmo para o comportamento humano' era visceral em outro nível pessoal, porque demonstrava quão baixa era sua visão da minha raça – e por extensão, de *mim*. Mas, claro, como poderia alguém que não tinha respeito ao meu direito à privacidade me ver de alguma forma a não ser inferior?

Seus olhos eram pensativos, mas seu tom direto: — Eu só espero que você entenda que toda vez que seus pais dizem: 'cuidado', eles estão dizendo: 'eu te amo'. Você sabe disso, certo?

Essa conversa não estava acontecendo.

— Mais uma vez, Vair, o que eu realmente entendo é que qualquer coisa que meus pais me falem é assunto meu e não seu. — Ouvi o eco das minhas palavras no salão enorme e vi o quanto havia levantado minha voz.

Eu precisava me acalmar.

— É o único jeito que eles sabem expressar suas afeições por você – por constantemente te avisarem dos perigos e super dividirem seus medos pelo seu bem-estar.

Engoli o bolo indesejável formando-se na minha garganta e forcei uma risada. — Claro que eu sei disso. É o que nossa psicologia diz. Você realmente deveria se ater a ficar melhor em dissolver paredes e outras tecnologias K, e deixar o entendimento de emoções para os terapeutas.

Ele abriu um sorriso, mostrando seus perfeitos dentes brancos enquanto dava risinhos secos. — Acredite em mim, às vezes eu gostaria de poder. Mas existem muitos outros Krinars com habilidades de dissolver paredes superiores e pouquíssimos inclinados a estudar o comportamento humano.

Eu tive a impressão de não conseguir identificar uma piada escondida naquelas palavras.

— Seus pais te programaram para responder ao medo. Às ameaças constantes de perigo e intimidação. E você cresceu se tornando tão horrorizada quanto fascinada por essas ameaças. — Ele balançou a cabeça e deu um passo na minha direção. — Você procura o medo acima de tudo, e, mesmo assim, você mente com muita facilidade – especialmente para você própria. Isso a torna um paradoxo interessante e delicioso, Amy.

Ele estava se divertindo comigo.

Ou talvez não?

Ele deu outro passo para se aproximar. O espaço entre nós repentinamente ficou carregado com energia sexual. Eu sabia que tinha que acabar com aquilo.

— Ótimo. — Fiz um gesto de derrota. — Você está certo. Eu não tenho medo de alturas. Então, sou uma péssima mentirosa? Que inferno você quer de mim?

Ele não respondeu, então, eu preenchi o silêncio: — Olha, sou apenas uma criança de Skaneateles com pais superprotetores e paranoicos. Eu provavelmente deveria ter aceitado a bolsa de estudos que me foi oferecida para uma faculdade em Syracuse, perto da minha casa como meus pais desejavam — Resmunguei enquanto ele chegava mais perto —, mas eu queria me virar sozinha. Então, como consequência, eu gastei demais na minha graduação na Universidade de Nova York. E agora, aos vinte e quatro anos, estou apenas buscando o sucesso aqui na cidade, e tentando sair das dívidas.

Ele continuou a mover-se fluidamente mais perto. Eu me afastei outro passo, então, me parei.

— Não sou nem mesmo uma boa repórter. Ainda. — Acrescentei. — E quando meu chefe continuava a não me dar nada além de trabalhos estúpidos, eu fiquei desesperada.

Agora, ele estava perto o bastante para me tocar. Eu sabia que deveria parar com todas as justificativas e desculpas, mas seus olhos escuros suaves me encorajavam a continuar.

— Então, eu vim para seu Clube-X. Eu nunca tive a

intenção de te ofender ou ao Conselho Krinar. Eu só estava procurando um 'espaço' – um furo de sorte. A chance de escrever uma história de notícias reais que daria ao público humano mais informação que ajudaria no caso dos Ks que tínhamos há dois anos desde a invasão. Você não pode tentar entender isso, e parar de me punir pelo meu artigo?

Seu suspiro atingiu minha testa. — Amy, eu já te disse, achei sua revelação brilhante. Eu não tenho desejo de puni-la por ela, nem deixarei ninguém fazer isso.

— Então, por que você está fazendo isso comigo? — Pisquei as traidoras lágrimas. — Por que você está me chantageando?

— Eu também já expliquei isso, querida. Você não retornou ao meu clube, e eu precisava que você retornasse.

— *Mas por quê?*

— Porque... — Ele sorriu e retirou um fio de cabelo rebelde da minha testa. — Sou um filho único de oitocentos e quarenta e sete anos de Krina que veio para a Terra para tentar e ajudar com a transição e assimilação da nossa espécie. Mas depois que te vi, eu perdi o foco do resto todo. Eu me vi apenas interessado em assimilar você.

Eu ouvi o sangue correndo nos meus ouvidos novamente. Eu sabia que os Krinars tinham vida longa, mas eu jamais contemplara em termos de quantidade.

Ele tinha oitocentos e quarenta e sete anos?

E queria assimilar *a mim?*

Nenhum de nós falou enquanto seus dedos passeavam pela linha da minha mandíbula e acariciavam meu pescoço, seu toque leve como pena enviando uma arrepio gostoso pelo meu corpo. Tantas perguntas rodando na minha cabeça. Eu fiz a menos importante.

— Você é filho único também?

Ele assentiu, sua boca revirando-se nos cantos. — Sim. — Ele se inclinou em minha direção, seus lábios pairando sobre minha testa. — Como resultado, desculpe-me, eu costumo fazer as coisas do meu jeito, e não gosto de dividir. — Seu tom, que havia sido leve e feliz, tornou-se severo e fervoroso ao dizer: — O que me lembra, eu não quero mais que você passe a noite na casa de Jay.

Minhas costas enrijeceram. Eu saí de perto dele enquanto endireitava minhas costas. — Desculpe... como isso seria da sua conta? Como você até mesmo sabe disso...? Você tem me espionado?

Aquela era uma pergunta tola. Ambos sabíamos que a resposta era sim. Ambos sabíamos que ele me visitara na véspera na casa de Jay. Mas, mesmo assim, aquilo tinha que ser perguntado.

— Jay me falou quando me enviou uma mensagem ontem que você tinha ficado com ele na sexta à noite.

Oh.

— Mas sim, na verdade, eu tenho te espionado — Continuou ele, de fato. — Bem intensamente. É meu segundo passatempo favorito.

Minha barriga pulou ante sua admissão. E a parte

mais louca é que eu não tinha certeza se era náusea ou arrepios que estava sentindo.

Eu estava certa. Vair mantinha anotações de mim em todos os lugares.

E ele não parecia o mínimo arrependido sobre aquilo.

CAPÍTULO VINTE E SETE

— Então... *tem* câmeras escondidas no meu apartamento também? Igual ao meu escritório? — Outra pergunta tola, mas eu precisava verbalizá-la.

Ele me olhou secamente quando respondeu sem tom de desculpas: — Sim. Várias.

— Por quê?

— Gosto de te observar, Amy. — As dobras dos seus dedos acariciando as maçãs do meu rosto. — Muito.

Eu engoli. — Em todos os cômodos?

— Todos os importantes.

O que aquilo significava? — Eu não entendo.

Mas eu entendia. Apenas não queria entender.

— É simples, Amy. — Seus lábios passaram pela minha testa enquanto eu sentia o peso das suas palavras chegarem a outros lugares. — Gosto de te gravar. Gosto de te observar. — Ele beijou minhas pálpebras, meu nariz. — Especialmente quando você se toca. Na sua cama. No chuveiro. Aquela vez na sala...

Oh, Deus.

— Gosto de imaginar o que você deve estar pensando. Sobre mim.

Isso foi sexy.

— As travessuras que você fantasia sobre nós.

Isso não foi sexy.

Meus mamilos discordaram. Minha vagina também.

Tudo sobre Vair que não poderia me dar tesão, de alguma forma, dava. E não tinha nada nisso que eu pudesse conciliar.

Seu braço travou na minha cintura e a outra mão escorregou sob minha camisa super grande, entre as bandas da minha bunda, para se acoplar no meu centro nu por trás. Eu pressionei ambas as minhas mãos no seu peito, empurrando-o. Ele não se moveu. — Temos que parar — Protestei. — Não temos nada em comum.

— Você mesma acabou de falar: Somos ambos filhos únicos. Uma base sólida como qualquer outra para um relacionamento.

Eu gemi. *Aquilo tudo era loucura.*

— Isso não pode dar certo.

— Minha querida, já está dando certo. — Sua boca desceu ao meu pescoço, beijando e chupando a pele sensível ali. — Você está pingando de molhada.

— Mas nós não somos... compatíveis. — Gemi enquanto seus dedos acharam meu centro encharcado.

Minhas mãos haviam achado o caminho dos ombros dele, mas não estavam mais o empurrando.

Elas o estavam puxando para mais perto.

— Não sou uma pessoa de clube de sexo — Tentei argumentar meio a onda de desejo ardente que me envelopava rapidamente. — Não me encaixo dentro dessas coisas... tipo... devassidão.

Eu ouvi o riso quieto dentro do peito dele, senti no movimento dos seus ombros sob minha pegada. — Claro que você não é, querida. Mesmo assim, você suporta isso tão bem por mim.

Antes de eu me dar conta, estava segura no ar nos seus braços. Ambos fomos despidos por algum tipo de força tecnológica K e minhas pernas estavam travadas em volta da cintura de Vair. Sua língua quente acariciando com ritmo as profundezas da minha boca enquanto a ponta grossa da sua ereção pressionava minha entrada.

Então, ele me manteve lá, seu pau parcialmente dentro de mim enquanto ele sussurrava promessas nojentas, seus dedos indo de trás para frente na fenda das minhas nádegas no local onde estávamos juntos – até que eu estava me agitando na sua pegada num esforço de balançar e me fisgar.

Mas ele não cedia.

Eu comecei a implorar quando seus dedos entraram entre nós e ele começou a brincar com meu clitóris até que forcei meus músculos internos, minha excitação pingando e cobrindo seu pau duro e teimoso parado muito raso dentro de mim.

Mas implorar não me satisfazia.

Não, apenas quando eu admiti, ao seu pedido, todas as coisas que eu gostava no seu clube, confessei minhas fantasias sujas de masturbação, que ele vagarosamente me abaixou no seu pau grosso.

Àquela hora, eu estava tão grata que gritei com cada centímetro dado. Choraminguei e arqueei minha pélvis dentro dele enquanto ele me levantava e abaixava, indo um pouco mais fundo a cada entrada, meu corpo aceitando e adorando seu comprimento enquanto esticava minhas paredes e me abria até que estivesse totalmente dentro.

Então, ele nos sentou numa das cadeiras flutuantes e me disse para fazer o que quisesse com ele.

E eu fiz.

Com minhas pernas em volta da sua cintura, meus joelhos afundaram na superfície macia, mas firme sob nós, e eu comecei a cavalgá-lo, meu quadril circulando, movendo-se para cima e para baixo, subindo e descendo. Ele gemeu quando chupei sua língua na sua boca, beijando-o com desespero igual aos movimentos do meu corpo.

Seus dedos se afundaram nas minhas nádegas. Seu quadril suspenso para aprofundar a penetração enquanto eu entrava mais e mais. — Tão apertada. — Grunhiu ele. — Tão perfeita.

Suas mãos ficaram ásperas e urgentes nos meus seios enquanto eu rolava meu corpo para cima e para baixo, perdida na sensação do seu pau entrando tão profundamente em mim, deleitando-se na liberdade do controle que eu tinha sobre nossa união.

Seus dedos pressionaram urgentemente meu clitóris e eu soltei um gemido abafado no seu pescoço, minha boca presa, chupando e se deliciando no cheiro e gosto da sua pele.

— Assim... — Sua voz era rouca. — Exatamente assim, querida. Me marca.

Meus músculos interiores se apertaram com mais força ante suas palavras, segurando-o possessivamente quando eu gozei sem querer.

— Porra. Você é toda minha. *Para sempre* — Grunhiu ele.

Minhas paredes internas se agarraram em volta dele e meus dentes afundaram reflexivamente no seu pescoço enquanto meu corpo voava, convulsionando-se no orgasmo.

Então, ele pegou o controle dos nossos movimentos, forçando seu comprimento dentro de mim, suas mãos grandes na minha bunda levando para cima e para baixo rapidamente enquanto ele rugia e xingava, esvaziando tudo que tinha para dar bem dentro de mim.

DEPOIS QUE MEU ORGASMO ALUCINANTE RECUOU E MEU cérebro foi capaz de processar coisas além de desejo, eu entrei no remorso pós-coito mais uma vez. A proclamação 'toda minha para sempre' de Vair pode ter tido algo a ver com isso – lembrava-me das palavras de Zyrnase e Tauce sobre eu ser a 'humana de Vair'.

Propriedade Krinar.

Fiquei quieta enquanto Vair e eu nos banhamos

juntos. Após o banho, ele insistiu em colocar uma luz vermelha estranha de um aparelho médico prateado sobre quaisquer áreas onde ele temia ter feito hematomas e arranhões na minha pele. Ele explicou que aquilo utilizava tecnologia de cura com nanócitos.

Eu permiti. Mas quando ele quis inserir o aparelho com tamanho de um absorvente que Shalee havia usado em mim para curar qualquer abrasão interna em potencial, eu recusei e falei para ele ficar com aquilo para ele e que eu não era tão frágil e não me importava de ficar dolorida para lembrar-me dele pelos próximos poucos dias.

Eu provavelmente deveria ter ficado quieta quando ele se afastou e não forçou o assunto, mas em vez disso, eu trouxe à tona o mistério da minha visão melhorada, e perguntei diretamente se ele havia feito algo para curar minha visão.

Sua resposta foi um sim sem desculpas, confirmando o que eu já sabia.

Mais uma vez, eu fiquei em silêncio, em conflito se deveria ser grata ou ficar com raiva da sua interferência.

Eu assisti com fascinação enquanto ele fabricava roupas para eu usar saindo do nada – um vestido de mangas longas leve e casual num tom azul claro, junto com um par de sapatos de salto baixo. Isso explicava a habilidade daquelas rápidas mudanças no guarda-roupa que eu testemunhara. Ou, mais precisamente, sua habilidade de ficar nu em segundos.

Aquilo tudo era muito surreal. Tão estranho e

impactante que eu me senti me desligando mais e mais para evitar dar um chilique. Porque no fundo da minha mente, eu estava ficando com mais medo de que ele não me deixasse sair.

— Então... o que acontece agora? — Consegui finalmente coragem para perguntar quando coloquei os sapatos que ele me deu.

— Bem, eu estava pensando que podíamos tomar um café da manhã bem tardio juntos — Propôs ele com um sorriso adorável. — Talvez sair para um passeio. Conversar. Poderíamos também ficar aqui — Ofereceu ele, havia algo carnal nos seus olhos sombrios. *O alienígena era insaciável.* — O que você gostaria de fazer agora, Amy?

Seu sorriso indulgente e jeito delicado que perguntou quase me fez querer ir dar uma volta com ele.

Mas eu tinha que saber onde eu estava.

Engoli. — Hum... eu gostaria de ir para casa. Para meu apartamento. Sozinha?

Ele me olhou por um segundo, apertou os lábios e assentiu vagarosamente. — Ok. Zyrnase pode te levar. Ou Robert. Mas gostaria que você comesse algo antes de ir, se você quiser.

Ele estava deixando eu ir? Assim?

E havia um Krinar com nome de Bob?

— E, então, eu posso ir? Se... eu comer primeiro?

Seus olhos sombrios ficaram frios. — Amy, você pode ir agora, sem comer, se quiser. Mas eu acho que você se sentirá melhor se colocar algo no estômago. Tivemos uma noite longa juntos. E manhã.

Ele estava realmente deixando-me ir?

— Mas o que você disse sobre, hum... eu pertencendo a você... quero dizer, sento *toda sua*...

— Você não é minha prisioneira, Amy. — Sua voz calma, seu tom normal. — Chamarei Robert para você. — Ele saiu da sala.

E não retornou. Nem para dizer até logo.

Eventualmente, Zyrnase veio dizer-me que minha carona estava lá embaixo.

O Krinar com nome de Bob não era na verdade um Krinar. Ele era um cara de meia-idade, humano, do Queens. Ele me levou de volta ao apartamento.

Sozinha.

CAPÍTULO VINTE E OITO

Depois que Bob me deixou, eu fui para o apartamento de Jay para pegar minhas coisas que havia deixado lá na noite anterior. Eu acabei ouvindo-o falar sobre Shalee, a bela e brilhante associada médica de Vair, por horas.

Jay estava totalmente apaixonado por ela, apesar de ele continuar a falar que não era sério, que eles apenas estavam planejando se divertir juntos.

— Você sabe, é apenas que ela é bi e eu sou bi, e ambos fazemos ciência e medicina e tudo...

— Você faz ciência? Desde quando? E *medicina?* Jay, ter um monte de receita no seu armário não conta.

— Pera lá! — Ele riu e fez um barulho de gato raivoso, com o gesto das patas para mim. — Alguém não levou uma mordida forte o bastante no clube ontem à noite.

Ele falou mais um pouco sobre Shalee, então, ofereceu deixar-me ficar no seu apartamento novamente, mas eu recusei. Não porque eu temia a desaprovação de Vair, mas porque eu precisava ficar só por um tempo.

Exausta, fui para casa, e depois de ligar de volta para meus pais e ouvir mamãe dar uma aula sobre os perigos de hot yoga por quarenta minutos, fui para a cama mais cedo.

E fiquei olhando para o teto, totalmente acordada a maior parte da noite.

Eu passei a segunda-feira num estado de constante exaustão e pânico, esperando Vair aparecer a qualquer minuto e exigir que eu entrasse na sua limusine e voltasse para o seu clube. Eu imaginava os olhos amarelos raivosos de Tauce seguindo-me em cada canto, ouvia sua voz nojenta na minha cabeça, dizendo que eu era 'propriedade' de Vair.

Eu não consegui comer. Não dormi bem na noite posterior. E não consegui escrever.

Quando chegou terça-feira e não consegui terminar meu artigo sobre a dieta vegana forçada dos Ks, entreguei o artigo que havia escrito semanas antes sobre os cachorrinhos gêmeos siameses – um mês depois que meu editor, Gable, havia solicitado e depois que todas as outras fontes de notícias na cidade já haviam coberto o assunto.

Provavelmente eu seria demitida.

Enquanto isso, Jay surpreendeu a todos no *The*

Herald por apresentar um material de opinião bem escrito sobre as similaridades entre os Krinars e humanos, acentuando os traços universais de inteligência emocional que ambas as espécies compartilhavam. Ele até fez uma evidência em tom de anedota do comportamento dos Krinars de ficarem 'ofendidinhos', mudando nomes e descrições para 'proteger o inocente' – *e seu traseiro*. O artigo sobre os Ks de Jay foi provavelmente a única coisa que salvou *meu traseiro* contra meu chefe durante a semana.

Na quarta-feira, eu comecei a entrar em pânico que Vair *não iria* aparecer exigindo que eu entrasse na sua limusine. Na quinta, o temor de que eu nunca o veria novamente chegou.

Mas, então, ele me enviou uma mensagem naquela noite. Ele enviou um vídeo. *De nós.* Com uma mensagem de assisti-lo e pensar nele... porque ele estava pensando em mim.

Eu não respondi.

Mas assisti ao vídeo. E acabei usando o meu dedo no sofá da sala. Sabendo que Vair estava assistindo. E, provavelmente, gravando.

Eu atingi o ápice da disfunção.

Na sexta, meu estômago estava se contorcendo enquanto eu ansiosamente esperava o próximo movimento de Vair – quietamente esperando que ele ligasse ou mandasse mensagem e, preferencialmente, me chantageasse a ir no seu clube naquele final de semana.

Fiz uma anotação mental de ligar para meu

terapeuta e ver se ele ainda poderia me ver de forma irregular.

Pouco depois das três da tarde, Jay colocou sua cabeça no meu escritório e me disse para pegar minha bolsa e encontrá-lo atrás da escadaria em dez minutos. Trinta minutos depois, estávamos nos encontrando com o colega de faculdade de Jay e agente da CIA num pequeno bar barato nos arredores do distrito financeiro.

— Bom te ver, cara — Falou Jay com um sorriso aberto antes de se virar para mim. — Amy, este é Stephen, meu amigo da faculdade que te falei. Stephen, esta é Amy.

Apertamos as mãos, pegamos cafés e nos sentamos numa mesa quieta no canto. O amigo de Jay da CIA, Stephen, era um típico americano alto, loiro e de olhos azuis que parecia estar em Nova York para se oferecer a uma vaga de ator em vez de trabalhar para o Serviço Nacional de Clandestinos da CIA. Mas, então, ele começou a falar e eu entendi tudo.

— Como estou certo de que você sabe, Srta. Myers, dois anos atrás, depois do Grande Pânico, os governos do nosso mundo entraram num Tratado de Coexistência com os Krinars, deixando-os estabelecer assentamentos pelo mundo. Desde então, temos feito o melhor para cooperar com o Conselho Krinar com o objetivo de coexistirmos com os Ks. Na maioria das vezes, eles escolhem climas quentes e áreas isoladas e pouco populosas para construir seus principais centros K. — Stephen pausou seu discurso vagaroso e monótono para tomar um gole do seu café e olhei bem discretamente para Jay.

— Eles construíram assentamentos em Costa Rica, Tailândia e nas Filipinas. Mas também tem alguns Centros Ks aqui nos EUA. Tem um no Novo México, Arizona ...

— Stephen, cara — Jay interrompeu. —, essas são informações que conseguimos na Wikipedia ou na busca geral do Google. Você pode nos falar por que Amy está na lista do governo?

Graças a Deus.

— Certo. Eu estava quase chegando lá. Como você bem sabe, enquanto muitos humanos desprezam os Ks e continuam com medo e ressentidos pela sua soberania, existem aqueles que os veem como deuses e os adoram como tais. — Seu discurso e postura eram de uma pessoa de quarenta anos. Era difícil acreditar que ele tinha nossa idade. — Clubes xenos ou Clubes-X, se alastraram quase que imediatamente fora dos Centros Ks como lugares para os Ks e os humanos adoradores de K ... interagirem. — Ele acentuou a palavra 'interagir', trazendo-me lembranças não desejadas da conversa de quatro horas em que minha mãe não usava nada além de eufemismos para me explicar o ato de sexo.

Então, ele pausou, virando toda sua atenção para mim. — Srta. Myers, entendo que você esteja familiar com esses Clubes-X. Isso é correto?

— Stephen, você sabe que ela está. Ela é a Amy Myers que escreveu o artigo no *The Herald* sobre o

Clube-X localizado aqui na cidade de Nova York. Você pode, por favor, acelerar? Temos que voltar ao escritório em alguma hora hoje à noite.

— Claro. Claro. Nos últimos dois anos, tem havido mais e mais casos problemáticos de Krinars e humanos se *excedendo* nessas... interações nos Clubes-X.

Ele frisou 'interações' novamente, e eu quase levantei e saí. Eu comecei a furtivamente checar meu celular por uma nova mensagem de Vair.

Droga. Ainda nada.

Assoprei meu café e tomei um gole.

— No início havia preocupação do aspecto viciador e possíveis efeitos a longo prazo dessas interações Ks. Mas houve fatalidades.

O café que acabei de beber ficou amargo no meu estômago. — Desculpe-me... *o quê?*

— Fatalidades? — Jay olhou para mim nervoso. — Você quer dizer... das mordidas dos Ks? Humanos morreram? Nos Clubes-X?

— *Viciados* em K morreram — Frisou Stephen. — Xenófilos.

Eu não consegui deixar de notar que ele havia falado aquilo de um jeito que pareceu que eles mereceram aquilo.

— Como? — Perguntou Jay, suas feições pálidas enquanto ele distraidamente colocava a mão na garganta. — De perda de sangue?

— Não temos certeza.

— Por abstinência? — Eu tinha que perguntar

aquilo. Minhas bochechas ruborizaram enquanto Stephen me lançava um olhar escandalizado.

— Não sabemos. — Para seu crédito, sua monotonia não falhou. — o Conselho Krinar deu muito pouca informação ao nosso governo. Mas eles asseguraram que o pesquisador Krinar que estavam enviando para cá investigaria o assunto profundamente e colocaria controles firmes em todos os Clubes-X dali em diante. Nosso governo concordou em prestar quaisquer suportes que fossem necessários para o pesquisador K e sua equipe para estabelecer um Clube-X secreto aqui na cidade, e prevenir interferência humana com o processo de seleção orgânica necessário para seu estudo. A ideia era que a população diversificada e densa na Cidade de Nova York provesse acesso a um pool genético maior para que Vair analisasse do que a áreas rurais e remotas em volta dos Centros K onde as fatalidades ocorreram.

— *Vair?* — Em choque, eu acho que sussurrei. Ao mesmo tempo, Jay tinha quase gritado.

— Sim, esse é o nome do Krinar chefe da pesquisa que o Conselho enviou. — Stephen virou-se para mim. — Acho que você o conhece, Srta. Myers. — Seu tom e expressão não mudaram, mas eu sabia que vi julgamento naqueles olhos azuis. — Pelo que sabemos, ele é um cientista comportamental. Está correto?

Meus pulmões se comprimiram. Eu balancei a cabeça e lutei para respirar quando gaguejei: — Eu... eu não sei... nada...sobre ele. Comportamental...?

— Não estamos certos sobre seu título ou posição

dentro da sociedade Krinar — Explicou Stephen —, mas temos sido inclinados a acreditar que ele é mais ou menos uma versão Krinar de um conceituado psicólogo ou behaviorista.

— Espera um minuto — Interrompeu Jay. — Você está nos dizendo que Vair é um terapeuta do sexo em Krina?

— Não. Estou dizendo que ele é o pesquisador chefe que o Conselho Krinar enviou para coletar dados empíricos dos efeitos de curto e longo prazo da troca de sangue e saliva entre os Ks e os humanos.

— Dados empíricos? — Falou Jay não acreditando. — De um clube de sexo?

Stephen pausou para tomar um inquietante longo gole no seu café antes de responder. — Sim. Testando os efeitos colaterais da saliva Krinar nos humanos. Relatando os sintomas da abstinência, medindo quão rápido os humanos se tornam viciados. Também, medindo quão rápido os Ks se tornam viciados, pesquisando curas potenciais – esse tipo de coisa.

Oh, meu Deus. Eu era uma cobaia?

Um rato de laboratório de sexo alienígena?

As peças começaram a se encaixar na minha cabeça, formando o quebra-cabeça mais desconcertante. Lembro da observação fora do contexto de Vair no domingo sobre muito poucos Ks serem inclinados a estudar o comportamento humano e o jeito que ele se referia aos frequentadores do clube como *sujeitos* e *pacientes.*

— Então, qual a lista do governo em que Amy está?

— Perguntou Jay, trazendo-me ao objetivo do encontro.

— É chamada de lista *caerle* — Respondeu Stephen.

— Caerle? — Os olhos de Jay brilharam. — Amy, lembra-se quando Zyrnase e Tauce...

— O que significa? — Cortei.

— Caerle são classes de humanos sob a proteção Krinar. Nosso governo não tem mais qualquer jurisdição sobre eles. Na verdade, nem o Conselho Krinar, parece, sem a permissão expressa do Krinar para quem o caerle pertence.

— Pertence? — Jay ficou de boca aberta olhando para o seu amigo de faculdade. — Perdoe-me?

— Nossa divisão pretendeu demolir o artigo de Amy temendo que iria interferir com os testes de Vair – denunciando toda a pesquisa do Clube-X. Já era bem estranho ter um Clube-X aqui na cidade, tão longe de um Centro K. Segundo minhas fontes, o Conselho também estava de acordo e não gostou do seu artigo trazer atenção para o centro de teste de Vair. Mas Vair interferiu e reclamou Amy como sua caerle, proibindo tanto o Conselho quanto nosso governo de fazer quaisquer coisas para atrapalhar a circulação da revelação dela do Clube-X.

Vair tinha deixado meu artigo sair? Ele havia se oposto ao governo dos EUA *e* ao Conselho Krinar nisso? Mais importante, ele tinha me *reclamado* como pertencendo a ele e colocado meu nome numa lista de 'intocável'?

— Quantos humanos estão nessa lista de caerle? — Perguntou Jay.

— Não tenho liberdade de divulgar essas estatísticas.

— Como pode um K simplesmente reclamar um humano? — Objetou Jay. — E como pode nosso governo aceitar isso?

Adorei Jay por ter feito essa pergunta, mas eu temia que a resposta era óbvia: os Ks estavam acima das nossas leis humanas. Nosso governo tinha que aceitar o que eles queriam.

— Não temos escolha — Confirmou Stephen. — Como disse, fazemos o melhor para cooperar com o Conselho Krinar para que coexistamos com os Ks. — Os olhos de Stephen passaram pelo bar quase vazio antes de acrescentar: — Uma divisão da Segurança Nacional aqui nesta cidade ficou em sérios apuros logo depois do Dia-K por se interferir com um dos seus caerles.

Ele me olhou com desaprovação quando disse a última parte.

Jay notou. — Ela não é uma das *caerles* deles, Stephen. Ela é um ser humano, uma cidadã Americana e um excelente jornalista. O que você pode fazer para ajudá-la?

Stephen balançou a cabeça. — Acabei de te falar, não posso fazer nada.

— E o FBI? O inferno, eu não sei, as Nações Unidas? Todo mundo? Vamos lá, tem que haver uma organização anti-K secreta lá fora que vai nos ajudar, certo? Um esconderijo para caerles em algum lugar?

— Não. Não tem nada. E não ajudaria. Os Ks têm jeito de seguir suas caerles. Não tem nenhum lugar que seja capaz de escondê-la.

— Você deve estar brincando comigo! Você retornou minha ligação e pediu um encontro com Amy só para falar que ela está fodida? Que ela está registrada como propriedade do K e que não há nada que nosso governo ou qualquer organização possa fazer sobre isso?

— Não, eu pedi um encontro com Amy porque eu queria pedir que ela parasse de escrever artigos sobre o Clube-X. — Os olhos de Stephen viraram-se para mim. — Indiferente da decisão de Vair de tê-la como uma caerle, seu artigo *interferiu*. Se você pretendia ou não, sua exposição popularizou o Clube-X de Vair, levando-o à atenção de humanos inocentes e ingênuos que de outra forma não saberiam ou procurariam o clube. Se você se importa com seu país e sua raça, você parará de chamar atenção à sensação de êxtase que se tem por compartilhar o sangue e saliva entre Ks e humanos. Você não arriscará glamourizar o que sabemos ser um vício perigoso e potencialmente fatal para esses alienígenas.

CAPÍTULO VINTE E NOVE

Jay ficou nervoso, esbravejou e se desculpou um quilômetro por minuto pela curta corrida de táxi de volta ao escritório. Eu quase não ouvi enquanto olhava sem ver para fora da janela.

Chegando ao *The Herald*, fiquei no piloto automático fingindo que estava trabalhando pelo resto do dia.

Eu saí do meu estado de medo, confusão, transe e estupor às cinco e meia da tarde, quando recebi a tão esperada, mas agora indesejada mensagem de Vair convidando-me a voltar ao seu clube naquela noite. Retornei dizendo que não era sua propriedade, falando tudo em caixa alta, que eu nunca seria, enquanto estivesse nessa porra de vida, sua caerle.

Ele não respondeu.

Esperei dez minutos antes de enviar outra mensagem nervosa dizendo-lhe que também não estava interessada em ser mordida e fodida até a morte como seu rato de laboratório de sexo.

Sem retorno.

Eu queria chamá-lo de fraude e um mentiroso, mas me ocorreu que Vair havia me falado a verdade na maior parte do tempo – *no jeito Vair* – o tempo todo. E aquilo só me deu mais nervosismo.

Então, enviei outra mensagem dizendo que se ele chegasse a menos de cem metros de mim novamente, eu iria apelar contra esse negócio falso ao nível mais alto dentro do Conselho Krinar – mesmo que racionalmente eu soubesse que eles não dariam a mínima sobre meus direitos e sobre ajudar-me.

Eu não recebi mensagem de Vair por todo o final de semana.

Eu continuei a enviar mensagens raivosas. Quase não dormi e fiquei com neurose de checar meu celular por uma resposta dele.

De noite, eu estava deitada na minha cama, contemplando a satisfação que eu teria de voltar ao seu clube e gritar para Vair ir para o inferno Krinar pessoalmente. Mas essas fantasias de alguma forma davam errado enquanto brincavam na minha mente, geralmente culminando comigo algemada a uma parede viva de vidro ou numa cruz de Santo André, e gritando para Vair por razões completamente contrárias.

Então, eu não retornei ao clube naquele primeiro final de semana.

Mas Jay voltou. Ele foi ver Shalee.

Ele disse que queria perguntar sobre as fatalidades dos xenófilos que Stephen havia nos falado. Mas, além disso, ele disse que queria entender como a saliva Krinar funcionava no sistema humano como um afrodisíaco/narcótico para determinar, segundo ele, se a experiência sexual mais profunda da sua vida seria por Shalee ou apenas sua saliva.

Quando ele passou no meu escritório na segunda-feira de manhã para me falar de como sua visita ao clube havia sido, nosso editor chefe, Richard Gable, estava acabando de sair, tendo falado um raro 'excelente trabalho' sobre o artigo que eu lhe dera naquela manhã sobre o potencial perigo no futuro da dieta vegana forçada pelos Ks.

— De primeira, Myers! Eu realmente sinto falta do meu bacon. — Ele deu uma batida no ombro de Jay e saiu. — Boa tarde, Jay.

Jay deu um sorriso brilhante e falso e voltou — Boa tarde, Dick — Como sempre fazia. E como em todas as outras vezes, Gable o lembrou que Dick era o nome do seu pai, e que ele era chamado de Gable ou Richard.

Era a pegadinha mais infantil e estúpida, mas algo no jeito que Jay falava impedia de ficar ultrapassada. Eu balancei a cabeça e escondi o sorriso até que estivéssemos a sós e Jay tivesse fechado a porta do escritório.

Ele me enviou uma mensagem no domingo à noite para me dizer que estava bem, dizendo estar muito cansado para falar, mas iria falar comigo no trabalho no dia seguinte. Julgando pela expressão no seu rosto, relaxada e satisfeita e o jeito alegre de andar, parecia que ele teve uma boa visita no clube de Vair.

Eu coloquei meus pensamentos sobre Vair e meus próprios sentimentos feridos de lado e perguntei: — Então? Como foi com Shalee?

— Genial. E antes que pergunte, *mamãe*, a resposta é não, ela não me mordeu novamente.

Aquilo era um alívio. Eu havia feito Jay me prometer que não se deixasse levar por outra mordida de K depois do que havíamos aprendido com Stephen.

— Mas fizemos outras coisas. — O sorriso aberto de Jay se alargou, o rubor mais adorável subiu do seu pescoço às bochechas. — E eu acho... eu acho que talvez a química que temos seja mais do que apenas saliva.

Depois de ficar falando sobre Shalee por dez minutos, ele passou a falar sobre o que ela disse sobre as fatalidades que haviam acontecido nos Clubes-X perto dos Centros K. Shalee tinha explicado que como existiam poucos casais Krinars e humanos em Krina, pouco se sabia no tempo da invasão sobre com que frequência Ks e humanos deveriam deixar se levar pela troca de sangue e saliva. E, infelizmente, não se havia feito pesquisa o bastante desde então, antes da equipe de Vair chegar à cidade de Nova York.

Ela disse a Jay que no caso de um par amoroso entre um Krinar e um humano, a preocupação do Krinar pela fragilidade humana da caerle iria naturalmente preveni-lo de se deixar levar demasiadamente. Mas no caso desses encontros mais casuais nos Clubes-X, havia com frequência menos preocupação dada à segurança, porque as ações eram levadas pelo puro desejo e o julgamento encoberto pelo delírio.

Também, os humanos que iam àqueles clubes às vezes ficavam com múltiplos Ks por noite, assim, tendo muito sangue retirado, com muita frequência. Isso explicou a necessidade de um controlador de Clube-X como Tauce – um K tenebroso o bastante para amedrontar os xenos que mais fortemente se deixassem levar para que não voltassem, para os salvar deles mesmos.

Shalee, então, havia dito que a resposta era mais pesquisa e regulamentos mais firmes, confirmando o que Stephen nos tinha falado.

— Ouça, garotinha, eu sei que você está preocupada e se sente traída. E, acredite, eu estava pronto a socar Vair por aquela porra de propriedade alienígena arcaica de caerle quando Stephen falou-nos na sexta. Mas depois de conversar com Shalee, acho que talvez estar na lista de caerle não seja tão ruim como parece.

— Jay, ele me reclamou como sua *propriedade*.

— Sim, para te proteger tanto do seu governo como do nosso, *e* para deixar você ter seu sucesso como jornalista, o que nunca teria tido, visto tanto o Conselho quanto nosso governo estarem planejando destruir seu trabalho sobre o Clube-X.

— Você esta ouvindo o que está dizendo? Como se eu desse a mínima para o sucesso no jornalismo se vier ao preço da minha liberdade como ser humano.

Ele rolou os olhos. — Certo. Mas, Amy, olhe à sua volta. Você está sentada no seu escritório, acabou de escrever um artigo sobre os Ks para o *The Herald*, e retornará ao seu apartamento esta noite como tem feito pelas últimas sete noites, sem mencionar o mês passado, sem interferência e virtualmente nenhum contato de Vair – além da única vez que ele te fez ir ao seu Clube-X.

Aqueles eram todos pontos válidos e deveriam me fazer sentir melhor. Mas, por alguma razão, eu me sentia mais desanimada.

— Ele consertou minha visão sem nem ao menos me perguntar.

— Oh, que vilão. — Jay levantou uma sobrancelha para mim. — Encare assim, você não está nem mesmo sendo tratada como uma prisioneira. Pense nisto... — Ele estremeceu e inspirou entre os dentes. — O cara te deixou em paz por um *mês*, mesmo após ter te reclamado como sua caerle. — Ele balançou a cabeça, olhando com cara de pena. — Se por alguma coisa, talvez você devesse estar preocupada que ele apenas fez isso para ser legal contigo e que não esteja afim de você.

Eu não perdi tempo de criticar Jay pelas suas tentativas óbvias de achar um par K-simpatizante quando ele sucumbiu a uma gargalhada. Eu falei para ele que estava feliz por ele sobre Shalee, mas que ele precisava retirar seu traseiro apaixonado do meu escritório antes que eu jogasse o furador nele.

E para a sorte dele, ele saiu.

CAPÍTULO TRINTA

Eu estava com menos raiva sobre tudo após a conversa com Jay na segunda. Na quarta, quando eu ainda não havia tido notícias de Vair, vi que estava deprimida.

Na sexta à noite, ainda sem contato de Vair e com o tempo de Jay monopolizado por Shalee, vi que estava só – apesar de ter precisado de dois copos de vinho tinto no meu apartamento para admitir aquilo.

No meu estado de leve embriaguez, pensei em retirar meu pijama feio e pegar um táxi para o clube de Vair. Mas, em vez disso, coloquei a garrafa de vinho de lado e peguei um sorvete de chocolate. Passei o resto da noite fazendo e deletando numerosas mensagens para Vair.

Sábado chegou e se foi ainda sem contato. E o domingo marcou duas semanas desde a última vez que vi Vair.

A essa altura, comecei a temer que ele poderia

novamente ficar um mês sem me ver. Eu até comecei a achar que o comentário implicante de Jay havia sido correto e que talvez Vair apenas não estivesse assim tão ligado em mim.

Mas lembrei a mim mesma que ele *poderia* me ver... se ele estivesse assistindo.

Decidi dar-lhe algo para assistir. Apesar de tudo, eu tinha recebido uma mensagem dele convidando-me para voltar ao seu clube depois da última vez que usei meu dedo em mim na sala.

Comecei com um pequeno show de masturbação na cozinha para aquecer – não certa se aquele era um 'cômodo importante' onde Vair colocou vigilância. Tomando coragem pela força que me abateu depois daquilo, vesti um novo conjunto de sutiã e calcinha e comecei a me dar prazer no quarto.

Na manhã seguinte, fiquei em êxtase por receber uma mensagem de Vair: outro vídeo de nós. Após assisti-lo, fiquei inspirada para outra performance na sala, em cima da mesa de café – vestida para o trabalho com minha blusa mais formal e saia lápis.

Na hora do almoço, na segunda, eu estava com tanto tesão que considerei trancar minha porta e dar outro show para Vair ali mesmo no meu escritório. Felizmente, a sanidade ganhou e eu fui pegar outro café e uma salada numa lanchonete na rua.

Estava quase na hora de ir para casa e meus dedos estavam voando no teclado quando um Krinar alto, sombrio e todo sexy entrou no meu escritório como se fosse o dono do *The Herald*.

Ele já havia fechado a porta do meu escritório e estava encostado casualmente nela enquanto eu lutava para respirar com normalidade, imaginando se eu estava completamente louca e simplesmente imaginei que ele estava lá.

Tonta, eu fiquei de pé e saí de trás da mesa enquanto olhava para ele sem acreditar.

— Senti sua falta, Amy.

Ele parecia um gigante em pé no meu pequeno escritório, quase bloqueando toda a porta enquanto me olhava com aqueles olhos castanhos escuros consumidores.

— Você sentiu minha falta?

Meus mamilos responderam antes que pudesse achar minha voz para responder. Meus músculos internos fizeram o mesmo.

— Estou... estou trabalhando, Vair. — Falei tanto por causa de mim quanto dele.

Ele sorriu. — Eu sei. E preciso assisti-la tomando o que quer. Agora. Enquanto está no seu trabalho. — Seus olhos ficaram sombrios junto com seu tom de voz. — Fique de bruços sobre sua mesa para mim.

Uma tremedeira passou por mim. E que o Senhor me ajudasse, mas não hesitei por um segundo. Eu só me virei e fiz, abrindo minhas mãos contra a mesa laminada fria enquanto Vair levantava minha saia lápis até minha cintura.

Eu não conseguia pensar. Eu já estava ofegando, todo meu corpo quente enquanto meu sexo tomava vida pela necessidade.

— Abra as pernas, querida.

Abri.

Ele fez um barulho de aprovação enquanto sua mão descia na minha bunda nua para esfregar a parte da minha calcinha molhada entre minhas pernas.

— Por todo o caminho. — Sua outra mão pressionava delicadamente contra as minhas costas, me espremendo na mesa enquanto ele puxava a calcinha para o lado e enfiava dois dedos em mim até as dobras. Estava tão escorregadio que não encontraram resistência.

Porra, eu senti falta dele.

— Muito bem — Elogiou ele, escorregando os dedos para dentro e para fora, circulando e abrindo-os.

Com minha bochecha pressionada sobre a superfície fria da mesa, meus olhos semiabertos olhavam para a porta do meu escritório – *que não estava trancada.*

Senti um calor crescendo atrás de mim e sabia que ele havia silenciosamente tirado a roupa naquele jeito mágico que fizera antes.

Isso estava acontecendo. Ele iria me foder no meu escritório no *The New York Herald.*

E eu permitiria.

Nada disso era lúcido. Nada era seguro.

A segurança havia há muito se tornado secundária.

Ele retirou os dedos e eu senti a ponta lisa e grande do seu pau empurrando em mim onde eu estava mais do que pronta para aceitá-lo. Eu levantei meu quadril, encorajando a entrada.

— Assim mesmo, anjo. Faça assim. Eu quero te ver comigo bem no fundo.

Segurei os lados da minha mesa e fui para trás para ele até que a cabeça grande do seu pau vagarosamente entrou.

— Tão perfeita. — Exalou ele e era a visão mais carnal que jamais tomara conhecimento. — Olhe para você se alargando em volta de mim.

Mordi meu lábio e gemi quando seus dedos entraram no lado da minha saia levantada para acariciar entre minhas dobras onde estávamos unidos.

— Tão escorregadia para mim. — Seu polegar circulando meu clitóris. — Tome tudo de mim, querida.

Isso era loucura.

Fiquei completamente maluca.

Visualizei Vair olhando para as minhas partes privadas com a luz do dia entrando pela janela do meu escritório. Observando-me enquanto eu vagarosamente me enfiava na sua ereção gigantesca.

Durante a hora do trabalho.

Com a porta destrancada.

Eu precisava de um exame da minha cabeça.

— Mais, amor. — Seu polegar pressionando e rolando, brincando com minha carne pulsante e inchada. — É tudo seu.

Eu dei um gemido leve enquanto deslizava de volta, esticando em volta da parte mais grossa do seu pau até que suas bolas pressionavam contra meu centro molhado.

Ele gemeu. — Humana pequenina tão boa.

Suas palavras de ternura não deveriam ter me acalentado tanto nem aquecido meu coração. Nem deveriam ter-me feito me apertar mais em volta dele.

Eu era um caso perdido.

Uma viciada em K sem vergonha no que tangia a Vair.

— Mova-se em mim.

Era uma ordem.

Obedeci sem hesitar.

Subindo nas pontas dos pés e então descendo até o calcanhar, eu ia para frente e para trás nele. Seus dedos acariciando e apertando meu clitóris. Sua outra mão atrás das minhas coxas e nádegas.

— Assim. Mais rápido, querida. Deixe-me vê-la tomando o que quer. Não fique com medo.

Com as dobras brancas nos lados da mesa, eu deixei meu corpo continuar, ondulando para trás e para frente, deleitando-se em cada centímetro rígido do seu pau grande entrando e saindo de mim.

Eu já estava suando. A mesa barata do meu escritório começando a fazer barulho sob os movimentos. O monitor do meu computador tombando e pulando em cima da mesa.

Mesmo assim, acelerei ao seu comando.

Sabendo que alguém poderia ouvir. Que pudéssemos ser pegos.

Porque eu não podia parar.

— Com mais força. — Seus dedos dentro das minhas nádegas. — *Mais fundo.* Quero sentir você gozar por todo o meu pau. — Sua voz soando menos controlada. Mais urgente.

Então, ele começou a fazer um som baixo e prolongado em seu peito. Seus dedos, menos delicados no meu clitóris. Sua palma grande agarrando minhas nádegas numa pegada bem forte.

Eu sabia que ele estava se restringindo – evitando seu instinto de predador de entrar em mim mais rápido e com mais força para que me visse pegar o que eu desejava.

E aquilo apenas me deu mais tesão dele, enquanto eu vi para frente e para trás, meu corpo desejoso engolindo cada centímetro grosso.

— Foda-me como se nunca tivesse o bastante, Amy — Grunhiu ele.

Algo no meu psique rompeu ante as verdades daquelas palavras, e eu gritei quando, de repente, rompi, meus movimentos sem graça e impulsivos, meu clímax me controlando totalmente.

Suas mãos taparam minha boca, e ele enfiou seu quadril em mim. Seu pau parecia ter ficado impossivelmente maior, e suas estocadas eram ásperas e profundas enquanto minhas paredes internas flutuavam e apertavam em volta dele, cavalgando as ondas finais do meu êxtase.

Minhas pernas estavam tremendo pelo cansaço e todo meu corpo era como uma boneca de pano quando ele saiu e me manejou para ficar de joelho na sua frente. Seu pênis parecia ter inchado incrivelmente mais, e seus golpes eram ásperos e profundos enquanto minhas paredes internas tremiam e apertavam ao redor dele, montando as ondas finais do meu êxtase.

Sua essência cobriu minha garganta e assentou-se no meu estômago, trazendo com ela a dolorosa constatação do que acabara de fazer e onde.

Mas antes que o completo e profundo remorso pós-coito chegasse, Vair gemeu de prazer e falou as únicas palavras capazes de eclipsar o horror e tudo mais daquele momento.

— *Caralho.* Te amo, humana pequenina.

Eu tinha uma história de ter reações desastrosas e ruins ante aquelas três palavras. E jamais sequer nas minhas mais selvagens imaginações ocorreu-me de ouvi-las de Vair – um *Krinar*, membro de uma espécie alienígena governante inimiga.

Fiquei em estado de choque quando Vair saiu da minha boca, pegou-me do chão e começou gentilmente a arrumar minha roupa e cabelo.

Então, ele sentou-me em cima da mesa.

— Você está bem?

Não respondi, minha mente muito ocupada fechando-se ante sua revelação.

Ele pegou meu rosto entre suas mãos e virou para ele. — Amy, coloquei proteção contra som no seu escritório semanas atrás. Zyrnase está em pé do lado de fora da sua porta. Tudo bem. Ninguém nos viu ou ouviu aqui.

Segurei uma risadinha nervosa ante sua revelação. Era tão confortante quanto desconcertante saber das precauções – *e liberdades* – de colocar proteção de som no meu escritório.

E por que não? Ele já teve a liberdade de colocar toda a espécie de escuta e equipamento de espionagem de alta tecnologia.

Eu balancei a cabeça. Engoli. — Não podemos... não podemos fazer isso. Nunca mais.

A preocupação calma que estava nos seus olhos mudou para algo mais frio. Sombrio. — E por que isso?

Eu retirei suas mãos do meu rosto. — Isso não é certo. Não é normal. Não é saudável.

— E o que *é* normal, Amy? O que é saudável? — Ele deu um passo atrás, cruzando os braços. — Você pode definir isso para mim, por favor? Porque eu adoraria ouvir você descrever essa relação e explicar por que a sua não se qualifica.

— Não temos uma... relação. Você está me chantageando para fazer sexo com você. Tudo entre nós é construído com manipulação e coerção.

Seus olhos brilharam. — Então, você odiou cada minuto disso? Você suportou todos os orgasmos que te dei?

Eu olhei para o lado. — Você sabe que não. É complicado.

— Você está evitando minha pergunta. Diga-me o que é saudável. Descreva o quão normal é uma relação.

— Eu não tenho que fazer isso.

— Não. Você não *sabe como fazer* — Replicou ele. — Então, você prefere jogar fora o que temos, mesmo que deseje isso, porque você não acha que isso é o que você *deveria* desejar.

Ele estava fazendo minha cabeça rodar. — Não preciso que você faça uma análise psicológica de mim — Retruquei, olhando para ele. — Não sou uma das suas pacientes do 'Clube-X' ou algum xeno que esteja viciado em você.

Mas eu estava. Eu estava completamente.

E ele me amava.

Não, não chegue perto disso.

Sua boca se apertou. — E se eu te mandasse emails horríveis diários, te alertando de todos os perigos em todos os cantos do universo? Será que isso faria nossa relação *normal* para você? Seria isso saudável? Se eu terminasse cada email e comunicação telefônica com você com 'fique em segurança' ou 'cuidado', será que isso a faria sentir-se amada?

— Você está me chantageando — Repeti o óbvio. — Você não pode construir uma relação em arranjos de chantagem.

Uma ponta de divertimento iluminou seu olhar. — Achei que a nossa fosse construída nas fundações de sermos filhos únicos.

— Vair, isso não é mais engraçado.

— Você tem razão. — Nervosismo apareceu no seu olhar sinistro de mercúrio, junto com outro sentimento que queria registrar de um Krinar capaz de sentir: ferido. — O fato de você ainda acreditar na minha trama de chantagem - acreditar no fato de eu considerar compartilhar nossos vídeos particulares com o público mais do que me diverte.

— Trama? — Meus olhos se estreitaram. — Você está querendo me dizer...

— Amy, com te expliquei antes, seus pais te programaram para responder ao medo, às ameaças do perigo e intimidação. — Sua voz mais alta era dura e nervosa, traindo o dar de ombros despreocupado. — Claro que apostei nisso, sabendo que era o meio mais certo de trazê-la de volta ao meu clube.

Minha boca ficou aberta. — Apostou? Esse é apenas um jeito de falar que você obteve vantagem.

— Exatamente. — Ele apontou um dedo acusador para mim. — E adivinha? Você adorou. Por dentro, você pulou de alegria pelo fato de que *eu* fiquei com toda a responsabilidade e recebi toda a culpa do nosso arranjo, permitindo que você se deixasse levar no que considerava fantasias inapropriadas. Não importa o que fizemos, você sabia que poderia pôr toda a culpa em mim, e aquilo tornou as coisas certas para você.

— Isso não é verdade!

— Amy. — Ele me deu um olhar de instrutor das forças armadas.

Oh, tudo bem. — Que seja. Então, talvez eu quisesse *parte* daquilo. Isso não importa. Não muda o fato de que mesmo assim não somos compatíveis. Inferno, nossas espécies não podem nem ao menos procriar. Shalee disse a Jay que casais humanos e Krinars não conseguem ter filhos.

Vair inclinou a cabeça, o canto da boca abrindo-se

num sorriso que fez meu pulso pular. — Não. Nenhum tem. *Ainda.* — Seu olhar caloroso e sombrio passou para os meus seios. — Interessante que você tenha parado para pensar nisso enquanto não quer nada comigo e minha manipulação e coerção.

Ele se inclinou para frente, invadindo meu espaço e me prendendo ao pôr uma mão em cada lado do meu quadril em cima da mesa.

— Agora você rejeita que fiquemos juntos porque os Krinars e humanos ainda não se provaram compatíveis em procriar? — Sua voz baixa e gutural, seus olhos com intimidade ao perguntar: — Você está falando que quer ter filhos comigo?

Senti minhas bochechas ruborizarem. — Não, isso não é o que estou falando.

— Existem inúmeros casais humanos incapazes de procriar. Isso os faz incompatíveis?

— Claro que não. Pare de mudar as coisas. Estou apenas observando que não somos nem da mesma espécie – que literalmente viemos de mundos diferentes.

— Sim, e não somos os primeiros humanos e Krinars a formar um par, Amy. E, certamente, não seremos os últimos.

Coloquei uma das mãos contra seu peito quando sua cabeça chegou mais perto, seu nariz a um fio do meu. Minha voz saiu ofegante quando joguei o último obstáculo que podia pensar. — Mas, e meus pais, Vair? Nunca serei capaz de explicar isso – *você* – para eles.

Ele cobriu meu rosto com sua mãos novamente,

levantando-o. — Já pensei nisso, querida. — Seu nariz encostado no meu. — Vamos falar para eles que ainda estou te chantageando, hum? — Senti o sorriso nos seus lábios enquanto tocavam levemente os meus.

— Você é doente — Sussurrei, beijando de volta. Quando me afastei para respirar, disse-lhe pensativa: — Eles irão te odiar por completo.

Ele assentiu. — Bem, estou preparado para chantageá-los também, se for necessário. Você acha que a ameaça de um campo de trabalho humano na Costa Rica fará a ideia de um dono de clube de sexo Krinar de oitocentos e quarenta e sete anos de idade mais palatável para eles vindo de um genro?

Eu dei uma risada histérica e balancei a cabeça, mesmo que por dentro eu visse quão ruim seria a descrição de meu amor ET, realmente pareceria e soaria para meus pais.

— Você não conhece minha mãe. — Mordi meu lábio. — Temo que isso exigirá tramas múltiplas de vídeos no YouTube de o quanto os Ks apreciam os cérebros humanos.

— Oh, e eu sou o doente? — Disse ele com uma risada.

Eu dei de ombros.

— Bem, querida... por você, acho que pode ser arranjado.

Part Três

A REVELAÇÃO

CAPÍTULO TRINTA E UM

Isso realmente estava acontecendo?

Eu me belisquei. Discretamente, claro, mas Vair – que notava absolutamente *tudo* em mim – viu, e um riso sarcástico começou nos cantos da sua boca, cheia e perigosamente sexy.

— Sim, é real, humana pequenina — Sussurrou ele maldosamente. — E prometo não comê-*los* – só você, ok?

Um rubor violento subiu no meu pescoço. — Quieto — disse baixo, segurando sua mão e apertando com toda minha força insignificante. — Eles nos ouvirão.

Estávamos em pé em frente à casa dos meus pais, em Skaneateles, onde Vair e eu iríamos jantar com minha família pela primeira vez. Se não fosse pelos nanócitos Krinars no meu sistema, eu acharia que as palpitações no meu coração eram um ataque cardíaco prematuro.

Mas, segundo Vair, eu não podia mais ter um ataque cardíaco. Ou contrair qualquer outra doença humana, o que aparentemente incluía ficar velha. Agora que eu era oficialmente a caerle de Vair. Com os nanócitos próprios e tudo, eu tinha imunidade a *tudo,* morte por velhice incluindo.

Eu ainda não tinha processado aquilo na sua totalidade e não sabia se iria num tempo curto. Já era o bastante o fato de eu estar namorando Vair – totalmente, namoro real – pelos últimos dois meses, desde que ele apareceu no meu escritório e debruçou-se na minha mesa, fodendo com meus neurônios até que eu concordasse com essa loucura.

Não que Vair visse o que fazíamos como 'namoro'. Ao seu ver, estávamos simplesmente juntos. Para sempre. Ele não era meu *namorado.* Oh, não. Isso seria muito direto e igualitário. Ele era meu *cheren* – o que, se eu consegui entender bem aquele termo Krinar, significava que ele basicamente era o dono do meu traseiro.

Mas de um jeito amoroso, carinhoso e para sempre responsável por mim.

Eu não processei essa parte ainda, nem estava com pressa. Vair *agia* como meu namorado – apesar de ser a variedade que espionava, gravava cada um dos meus movimentos e era ridiculamente possessivo – e isso era bom o bastante para mim. Eu continuei a trabalhar no *The Herald*, onde finalmente consegui algumas tarefas interessantes e o resto do tempo passávamos juntos, saindo para jantar nos melhores restaurantes da cidade, visitando parques e museus e saindo com Jay e sua namorada Krinar Shalee (*ela* não tinha problemas com o rótulo). Isso, quando não estávamos fazendo sexo bem anormal e não saudável de estourar os miolos, tanto no apartamento espantosamente luxuoso ou no seu estabelecimento chique de 'pesquisa' – também conhecido como Clube-X.

— O que te fez decidir se tornar um behaviorista humano? — Perguntei a ele algumas semanas atrás durante o café, depois de eu ter acordado ainda exausta por ter observado uma orgia que varou a noite no Clube-X (enquanto eu estava sendo fodida por Vair fora da vista dos participantes da orgia, naturalmente). — Sem ofensa, mas eu não o teria visto como cientista.

— Oh? — Suas sobrancelhas arquearam. — Para o que você teria me atrelado?

— Oh, não sei... — Se estivéssemos nos tempos Vitorianos, eu o nomearia um garanhão da alta sociedade, mas seria muito idiota para ser dito. — Um dono de clube de sexo *verdadeiro*?

Seus dentes se iluminaram pelo branco enquanto ele pegava um morango. — Eu *sou* um dono de clube de sexo; não tem nada de enganoso sobre meu clube. E, como você sabe — aqueles dentes haviam afundado no morango carnudo — Eu realmente gosto da pesquisa que fazemos lá.

Ignorando minha reação corporal àquela afirmação, assim como minha vontade primal de lamber aquele suco do morango escorrendo pelos seus lábios, eu continuei determinadamente. — Estou falando sério,

Vair. O que te fez decidir seguir essa profissão? Na primeira vez que nos encontramos, você disse que estava entediado em Krina. Você só estava brincando comigo? Fazendo-se de um tipo de playboy Krinar sofrendo de tédio?

Ele riu daquilo, mas sua expressão ficou mais sério. — Não, querida. Eu nunca fingi ser nada além do que sou realmente com você. Eu *estava* entediado em Krina. Nada realmente prendia meu interesse por muito tempo, então, durante a maior parte da minha vida, eu fui um curioso, indo de um campo para o outro sem de fato achar meu lugar ou fazer quaisquer contribuições significativas. Apenas quando o Conselho decidiu vir para a Terra que eu descobri o campo muito pouco explorado do comportamento humano, e isso tornou-se uma paixão para mim. Ou seja, até que *você* se tornasse uma paixão minha, humana pequenina, comportamento irracional e tudo mais.

Então, eu tinha jogado um morando nele, mas, mais pelo desconforto de novamente ouvir seus sentimentos do que pela raiva do uso da palavra 'irracional'.

Porque eu *era*.

Eu estava loucamente irracional quando fui para ele.

Mas, por um motivo, Vair frequentemente me dizia que me amava – ou falava variações dessa palavra – eu ainda não tinha criado coragem de falar-lhe o que *eu* sentia. Até quando estávamos no meio da sessão de sexo mais entranha e suja, eu estava perfeitamente consciente de uma característica de ternura entre nós, de uma conexão tão profunda que parecia presa à minha medula. Por qualquer razão, eu ficava quieta sobre como eu sentia sua falta quando estava no trabalho, mesmo se eu o tivesse visto pela manhã, e como estávamos separados, eu checava meu telefone a cada minuto, esperando ver uma mensagem dele.

Uma mensagem horrível e inapropriada, de ruborizar que me faria afundar no piso e ter um orgasmo ao mesmo tempo.

Aquilo me tornava uma covarde, eu tinha certeza, mas havia sido tão mais fácil quando eu via Vair como um vilão. *Quando ele estava me chantageando para fazer o que eu queria.*

E sim, eu podia admitir aquilo agora. Sem falha, como o behaviorista que ele era, Vair havia simplesmente achado o jeito correto de se aproximar de mim. Eu havia necessitado de suas ameaças implícitas para vencer os medos em mim e meus pais, de lutar minha inclinação natural para evitar tudo que era diferente e amedrontador.

Uma inclinação contra a qual eu ainda estava lutando, numa escala menor – assim como minha falta de habilidade de admitir para ele o quanto estava começando a precisar dele.

O quanto eu estava me apaixonando por ele, apesar do medo do desconhecido.

— Você está pronta? — Perguntou Vair retirando-me dos pensamentos de pânico do encontro com meus pais. Com o sorriso aberto, ele apertou minha mão – mas delicadamente, para não esmagar meus ossos humanos. Mas eu ainda parecia que ia vomitar quando ele levou minha mão ao seus lábios e deu um beijo terno nas dobras dos meus dedos. — Tudo vai ficar bem, querida, prometo. Eles vão me adorar. E se não adorarem, tem sempre aqueles vídeos de se comer o cérebro, no YouTube…

Eu assenti, não convencida, mas era tarde demais.

Vair já estava tocando a campainha.

CAPÍTULO TRINTA E DOIS

Foi um desastre.

Eu já sabia que seria, claro, mas Vair havia insistido no encontro, e aqui estava eu, presa ao meu prato de brócolis demasiadamente cozido enquanto mamãe olhava para mim com olhos vermelhos e acusadores e papai alternava entre perguntas desajeitadas e gaguejadas sobre há quanto tempo estávamos namorando, e bebendo muito vinho.

Parcialmente, o erro era meu. Eu tipo que joguei Vair aos meus pais. Enquanto eu estava aberta ao fato de que eu tinha um novo namorado, foi apenas na noite anterior que eu admiti a verdade aos meus pais.

Às 9h38 da noite, quando mamãe havia ligado para confirmar que horas eu chegaria hoje, que confessei que Vair era um K.

Os ataques histéricos que se seguiram foram os piores que testemunhei e aquilo estava dizendo algo.

— Ele vai te matar! Te assassinar enquanto você

dorme! — Mamãe soluçava no telefone enquanto papai enchia minha caixa de entrada com links de tudo que havia de negativo sobre os Ks, alguns de minha própria autoria. — Ele vai esmagar seu crânio e drenar seu sangue e...

— Não vou, prometo —Vair havia interrompido e pego o telefone de mim, aquilo iniciou um tipo de chilique que deve ter sito ouvido até o Alabama.

Peguei o telefone de volta naquela hora e passei as próximas duas horas acalmando meus pais, tudo sobre como o quão bem Vair me tratava e de como ele nunca, jamais comia cérebro humano, nem mesmo quando ele estava realmente com fome. Após eu finalmente desligar, mantive meu telefone perto de mim porque eu sabia que minha mãe – e isso era certo, me ligaria mais seis vezes durante a noite, chorando e implorando para sair e procurar ajuda, oh, por que o FBI não a escutava quando insistentemente avisava que eu havia sido sequestrada e não enviava uma equipe da SWAT para me resgatar?

Então, sim, foi uma noite divertida.

E aqui estávamos nós agora, na casa dos meus pais, com minha mãe servindo a refeição mais sem graça que já a vi preparar. Eu suspeitava que era sua versão de 'foda-se, K maldoso'. Talvez ela estivesse esperando que Vair extrapolasse o brócolis super cozido numa ameaça a *ele* se ele me ferisse algum dia?

Eu não estava certa, mas era do mesmo jeito embaraçoso.

— Desculpe-me — Disse a Vair quando minha mãe

foi com meu pai para a cozinha para pegar mais vinho – para jogar fora a comida sem gosto. — Não sei por que eles fizeram isso.

Eu fiz um gesto para a mesa, onde uma porção de brócolis super cozidos e batatas pouco cozidas, meio amassadas, uvas com aparência de velhas numa tigela – aparentemente para serem comidas como sobremesa.

Os olhos escuros de Vair brilharam em divertimento. — Não se preocupe, querida. Precisará mais do que uma refeição ruim para me amedrontar.

Então, ele interpretou as ações de mamãe do mesmo jeito que eu tinha interpretado, mas ele não sabia que ela era geralmente uma boa cozinheira que havia sido criada para os desafios de uma dieta baseada em plantas.

A não ser que...

Eu estreitei meus olhos. — A casa dos meus pais está com aparelhos de escuta? — Eu meio que sibilei, meio que sussurrei, segurando a mesa enquanto chegava mais perto. — Você tem observado-os também?

É assim que ele sabia que essa era uma refeição ruim e não o jeito normal da minha mãe cozinhar?

O divertimento no seu olhar aumentou. — O que você acha?

Ugh. Claro. Eu senti uma onda de revolta pelos meus pais, mas não tive chance de expressar porque minha mãe retornou, carregando dois copos d'água – o que colocou na mesa à nossa frente com tanta força que um pouco de líquido saiu pela borda.

Papai estava logo atrás, carregando uma garrafa aberta de vinho e uma bandeja de brownie.

Então, *tinha* sobremesa além das uvas sem graça.

— Obrigada, mãe. — Disse, pegando minha água para tomar um gole. Um pouco tarde demais, ocorreu-me que ela poderia ter cuspido no copo de Vair – ou colocado algo ruim na sua comida – mas retirei o pensamento da cabeça.

Mesmo se ela houvesse feito algo ruim, não tinha como ele ficar doente por aquilo.

— Então, Vair… — Disse papai depois de ter bebido outro copo de vinho. — Quais são suas intenções para com minha filha?

Fechei meus olhos e orei por um truque de parede ou piso se dissolvendo tipo Vair, para que pudesse entrar num buraco e desaparecer.

— Bem — Disse Vair, completamente calmo. —, estou apaixonado pela sua filha, Sr. Myers, então, minhas intenções são de um relacionamento bem longo com ela.

Eu abri meus olhos bem pouco e verifiquei.

Sim. Nem um pouco de desconforto ou constrangimento nas feições perfeitamente formadas dele, nem seu sarcasmo normal.

Ele parecia sincero. *Sério.* Como um escoteiro mirim esperando a aprovação do seu mestre.

E meus pais estavam aceitando, assentindo em total acordo.

Meus olhos se abriram mais quando minha mãe falou com Vair pela primeira vez, sua voz um pouco mais alta do que o normal: — Como algo assim funcionaria, exatamente? Você é de uma *espécie* diferente. — Ela enfatizou a palavra espécie, soando como se fosse algo sujo.

— Sim, somos, mas isso não importa — Disse Vair, dando um sorriso cuidadoso para ela. Um que tinha como objetivo acalmar e desarmar. — Tenho certeza de que você se lembra de um tempo na história do homem quando as pessoas sentiam o mesmo sobre uniões entre pessoas de diferentes raças.

As bochechas com pintas da minha mãe ruborizaram. Apesar de ser de uma área noventa e oito por cento branca, ela se orgulhava de ser 'cega' para raças. — Isso não é... quero dizer, não é *nem um pouco* a mesma coisa.

— Por quê? — Disse Vair, seu tom gentil. — Se eu amo sua filha e ela me ama, o que tem de errado em ficarmos juntos?

Mamãe olhou para ele, pela primeira vez sem resposta, e eu sabia que eu estava com a mesma expressão – muda, 'o veado em frente do farol' o medo ilógico confrontando a lógica irrefutável. Meu coração martelou no peito, e minha mão formou um punho sob a mesa enquanto as palavras se aprofundavam mais em mim, contornando as camadas tolas que havia usado em minha defesa.

Um Krinar e humano, apaixonados. O que tinha de errado nisso, realmente?

Por que eu estava lutando tanto contra aquilo?

Por que eu estava com tanto medo de admitir meu sentimento?

Por alguns momentos, ninguém disse nada, o silêncio esticando até que parecia que iria arrebentar.

Então, meu pai limpou a garganta. — Hum... vinho, alguém?

— Deixa comigo — Disse Vair calmamente como se fôssemos todos amigos, e minha mãe estendeu seu copo vazio, segurando-o perto de Vair, olhei para meu Krinar, sabendo, não, *sentindo*, ser verdadeiro.

Talvez não fôssemos da mesma espécie, mas ele lidou com meus pais como um chefe.

JÁ ERA TARDE QUANDO CHEGAMOS EM CASA, MAS EU ME sentia elétrica em vez de cansada, vibrando com energia nervosa.

— Conseguimos. Você acredita que conseguimos? — Eu tagarelava enquanto Vair me levava para a sua cobertura. Eu não consegui ficar de boca calada por todo o trajeto. — E, oh, meu Deus, a expressão nas feições de mamãe quando você a convidou para o dia de ações de graças em Nova York... Aposto que eles acharam que você fosse dizer 'Krina'. E, então, papai provou o brownie e literalmente cuspiu... Você acha que mamãe *realmente* trocou o açúcar pelo sal, como disse que fez por erro? Assim, tudo? Quero dizer, o gosto era com certeza daquele jeito, mesmo para ela. Então...

— Amy. — Os olhos sombrios de Vair tinham uma vaga expressão de predador quando me parou por colocar um delicado dedo nos meus lábios. — Quieta, querida.

Meus olhos se arregalaram enquanto ele continuava com o truque de dissolver – minhas roupas e as dele – e minha garganta ficava seca enquanto eu olhava à perfeição masculina à minha frente.

Será que eu conseguiria me acostumar com ele?

Seria possível se acostumar a alguém tão belo?

Ele já estava duro, seu pau grande curvando-se para cima até o umbigo, cada músculo do seu corpo grande esculpido com precisões não humanas. Mas foi a aparência nas suas feições que roubou minha respiração – uma mistura de desejo sombrio e ternura despreocupada, de fome e pura adoração.

Curvando-se, ele colocou suas mãos no meu rosto e meus interiores se apertaram antecipadamente enquanto seus lábios se esfregavam nos meus... uma vez, duas, e, então, novamente. Sua respiração quente e com gosto de vinho, sua língua macia e escorregadia enquanto ele entrava na minha boca, forçando, forçando-me. Minhas mãos curvaram-se em volta dos seus pulsos sólidos e meu coração martelava no meu peito enquanto um onda de calor passava pela minha pele e um pulsar oco aparecia no meu âmago..

Eu precisava que ele me fodesse.

Agora.

Mas, primeiro, eu precisava falar-lhe algo importante – algo que me pesara por toda a viagem para casa, fazendo meus nervos pularem e minha boca falar sem parar.

Algo que eu deveria ter falado há muito tempo mas fui muito fresca para admitir.

Respirando raso, eu saí do beijo e me afastei. — Vair... — Apesar da minha determinação, minha voz tremia e eu olhei para ele, ainda segurando seus pulsos como se eu pudesse restringi-lo. — Vair, eu...

Ele olhou nos meus olhos, a ternura nos seus olhos aumentando. — Sim, querida?

Ele sabia. Claro que sabia.

Desde o começo, ele me entendia – até melhor do que eu me conhecia.

— Eu te amo — Disse, minha voz ficando firme enquanto meu nervosismo evaporava, reposto por um sentimento puro e verdadeiro. — Eu amo tudo em você, Vair, e quero que realmente a gente dê certo nisso – não importa o que meus pais ou qualquer um pense.

— Mesmo? — Murmurou ele, um sorriso lento e caloroso curvando-se nos seus lábios sensuais, e quando ele me segurou novamente, inclinando sua cabeça para me dar um beijo feroz, eu sabia que era.

Num Clube-X na Cidade de Nova York, eu achei minha outra metade.

Um Krinar que amava com todo o meu coração.

EPÍLOGO

Seis Anos Mais Tarde

— Você está pronta? — Perguntou Vair, apertando minha mão e eu assenti enquanto respirava fundo e fazia uma rápida autoverificação.

Eu estava quase vomitando? *Não.*

Desmaio? *Improvável.*

Um gritinho como o de adolescente encontrando sua estrela de rock? *Bem possível.*

Mas não tinha como evitar. Num minuto, estaríamos num encontro virtual com o casal Krinar-humano em que a história de amor tumultuosa havia recentemente chamado a atenção de dois planetas.

Korum e Mia.

O K mais poderoso do Conselho e a garota humana com quem havia se *casado.*

— Eles vão te adorar — Assegurou-me Vair. — Seu manuscrito os impressionou e eles sabem que não tem ninguém para fazer um trabalho melhor com a história deles.

Eu engoli, tentando ajustar meu pulsar interno – que insistia em martelar como um pica-pau na minha garganta.

Eu conseguiria fazer aquilo. Eu conseguiria absoluta, definitivamente fazer isso. Então, se eles tivessem um perfil maior do que qualquer celebridade? Ou que Korum havia sido a força motivadora atrás da invasão na Terra?

Vair acreditava em mim – o bastante para usar toda boa vontade que sua pesquisa havia gerado no Conselho Krinar para me conseguir esse encontro – e eu não era mais uma jornalista novata. Nos últimos seis anos, eu havia entrevistado outros Krinars em posição de destaque, assim como humanos em governos e membros da Resistência. Meus artigos, pequenas histórias e revelações eram amplamente reconhecidos por terem passado por uma boa pesquisa e com boa profundidade, e meu primeiro romance não-ficção – a história de amor incomum entre Emily Ross e seu cheren, Zaron, estava para ser publicada.

Eu era uma profissional top, e não tinha razão de estar nervosa.

Além do fato de que esse era o maior furo jornalístico de todos os tempos.

Ok, então. — Vamos lá — Disse com firmeza e quando Vair abriu um sorriso para mim, o mundo ficou embaçado.

Lutando contra a tontura, eu fechei meus olhos e ao abri-los, não estava mais na cobertura de Vair na Cidade de Nova York.

— Amy Myers e Vair, presumo? — Disse um Krinar alto e intimidadoramente belo com os olhos dourados peculiares, olhando para mim do outro lado da mesa longa e flutuante.

Meus nervos se acalmaram quando me senti passar para a personalidade jornalística. Com um olhar prático, olhei para a pequena garota humana ao seu lado na sala cor de marfim que estávamos virtualmente sentados.

Uma sala na casa de Korum, em Krina.

— Certo — Respondi calmamente, inclinando minha cabeça para o casal em sinal de respeito. Eu sabia que não poderia tentar um aperto de mãos com um K macho. Vair estaria tentado a matá-lo ali mesmo.

— E vocês devem ser Korum e Mia?

— Somos nós — Disse a garota, com sorriso aberto para mim. Seus olhos eram espantosamente azuis contra o fundo do seu cabelo escuro e encaracolado e seu sorriso totalmente radiante nas suas feições delicadas. — É um prazer para nós conhecê-la, Amy. E Vair, claro.

Um braço pesado passou pela minha cintura e eu vi Vair inclinando-se enquanto falava: — Um prazer, certamente.

Quase não evitei meu olhos de rolarem. *Os ks são ridiculamente possessivos.* Korum estava segurando Mia ancorada ao seu lado como se ela pudesse correr para longe, então, Vair tinha que demonstrar uma posição similar para comigo. Não se preocupando que esta deveria ser uma entrevista séria, ou que ambos os Ks racionalmente sabiam que nenhum tinha interesse na caerle do outro. Ou que estávamos todos aqui virtualmente e nossos corpos estavam em planetas diferentes.

Seus instintos territoriais não davam a mínima para racionalidade ou razão.

— Então, Korum — Eu disse, focando na tarefa — O que você acha de começarmos bem do começo? Como você e Mia se conheceram?

Ele olhou para ela e eu vi suas feições espantosamente belas se acalmarem. Não muito, mas o bastante para demonstrar o que qualquer um que havia assistido a gravação do casamento suntuoso deles já sabia.

Ele explodiria galáxias inteiras por ela.

— Você quer ter a honra, meu doce? — Perguntou ele calmamente e ela sorriu para ele, seu pequeno rosto brilhando.

— Se você insiste. — Ainda sorrindo, ela virou-se para mim. — É mais ou menos uma longa história. Não tenho certeza se caberá em apenas um livro.

— Se não couber, então, farei em dois ou três livros. — Assegurei. — O que for preciso.

E a garota humana iniciou sua história, eu anotando. *"O ar estava fresco e claro enquanto Mia andava rapidamente por um caminho sinuoso no Central Park..."*

AGRADECIMENTOS

Obrigada por ter lido a história de Amy & Vair! Esperamos que tenha gostado e considere deixar uma resenha.

Se deseja receber uma notificação quando o próximo livro for lançado, acesse meu site em www.annazaires.com/book-series/portugues/ e registre-se para receber meu boletim informativo.

Quer mais histórias Krinars? Confira:

- *A Trilogia de Mia e Korum* – Um romance sombrio de ficção científica
- *A Prisioneira Krinar* – a história completa de Emily & Zaron, volume único, que acontece um pouco antes da Invasão

Adora um romance dark? Adquira essas surpreendentes histórias de Anna Zaires:

- *Perverta-me* – Trilogia de romance contemporâneo dark
- *Capture-me* – um romance de inimigos que tornam-se amantes, de Lucas & Yulia

Colaborações com meu marido, Dima Zales:

- *O Código de Feitiçaria* – Fantasia épica

E agora, por favor, vire a página e conheça um trecho de *O Perseguidor*.

TRECHO DE O PERSEGUIDOR

Ele surgiu durante a noite, um estranho cruel e sombrio, proveniente dos cantos mais perigosos da Rússia. Ele me oprimiu e me destruiu, deixando meu mundo em pedaços em sua busca por vingança.

Agora, ele está de volta, mas ele não está mais atrás dos meus segredos.

O homem que assombra meus pesadelos quer a mim.

— Você vai me matar?

Ela está tentando – e falhando – manter a voz firme. Mesmo assim, admiro sua tentativa de ter compostura. Eu me aproximei dela em público para fazê-la sentir-se segura, mas ela é muito esperta para achar isso. Se eles falaram a ela qualquer coisa sobre meu passado, ela deve saber que posso quebrar seu pescoço antes que ela consiga gritar por ajuda.

— Não — Respondo, recostando-me mais perto quando uma música mais alta começa. — Não vou te matar.

— Então, o que você quer comigo?

Ela está tremendo na minha mão, e algo sobre isso tanto me intriga como me perturba. Eu não quero que ela tenha medo de mim, mas, ao mesmo tempo, gosto de tê-la sob meu controle. Seu medo acende o predador dentro de mim, fazendo meu desejo por ela algo mais sombrio.

Ela é uma presa capturada, macia, doce e minha para ser devorada.

Abaixando a cabeça, enterro meu nariz no seu cabelo cheiroso e murmuro no seu ouvido: — Encontre-me no Starbucks perto da sua casa amanhã ao meio-dia, e vou te dizer tudo o que quer saber.

Afasto-me e ela olha para mim, seus olhos grandes nas suas feições com formato de coração. Sei o que ela está pensando, então, me curvo outra vez, abaixando a cabeça para que minha boca fique perto do seu ouvido.

— Se você contatar o FBI, eles tentarão te esconder de mim. Do mesmo jeito que tentaram esconder seu marido e os outros na minha lista. Eles vão te remover, te levar para longe dos seus pais e da sua carreira, e será tudo em vão. Te acharei não importa aonde você vá, Sara... não importa o que eles façam para te manter separada de mim. — Meus lábios esfregam na curva de sua orelha, e a sinto ofegar. — Alternativamente, eles podem querer te usar como isca. Se esse for o caso – se eles armarem uma armadilha para mim – eu saberei, e nosso próximo encontro não será para um café.

Ela treme, e eu respiro fundo, inalando seu perfume delicado pela última vez antes de liberá-la.

Dando um passo atrás, me misturo na multidão e envio uma mensagem para Anton para posicionar a equipe.

Tenho que me certificar que ela chegue em casa segura e bem, sem ser molestada por ninguém além de mim.

~

Visite www.annazaires.com/book-series/portugues para obter sua cópia.

Anna Zaires é uma autora bestseller do *New York Times* e *USA Today*, de romance de ficção científica e romance erótico dark contemporâneo. Ela se apaixonou por livros aos cinco anos de idade, quando sua avó a ensinou a ler. Desde então, ela sempre viveu parcialmente em um mundo de fantasia onde os únicos limites eram aqueles de sua imaginação. Atualmente, residente na Flórida, Anna é feliz, casada com Dima Zales (autor de ficção científica e fantasia) e colabora com ele em todas as suas obras.

Para saber mais, por favor, visite www.annazaires.com/book-series/portugues/.

Hettie Ivers é uma escritora acidental de romance que gosta de fugir do estresse de sua semana de trabalho com um bom livro erótico – de preferência um que também seja engraçado.

Sua carreira atual não permite muito tempo para a escrita criativa, mas ela adora escrever depois do expediente e nos finais de semana, e se esforça para publicar de um a dois livros por ano, conforme a vida permitir.

Para saber mais sobre Hettie e os livros que ela escreveu, sinta-se à vontade para visitar seu website em www.hettieivers.com ou inscreva-se em sua newsletter.